名家小写文集

王祥夫 著

老黄的幸福生活

北京联合出版公司
Beijing United Publishing Co.,Ltd.

图书在版编目（CIP）数据

老黄的幸福生活 / 王祥夫著. -- 北京：北京联合出版公司, 2024.8. -- （名家小写文集）. -- ISBN 978-7-5596-7914-7

Ⅰ.I267

中国国家版本馆CIP数据核字第2024D47L15号

老黄的幸福生活

作　　者：王祥夫
主　　编：张海君
出 品 人：赵红仕
出版监制：张晓冬
责任编辑：李艳芬
特约编辑：和庚方　张　颖
封面设计：立丰天

北京联合出版公司出版
（北京市西城区德外大街83号楼9层　100088）
三河市同力彩印有限公司印刷　新华书店经销
字数260千字　710毫米×1000毫米　1/16　13印张
2024年8月第1版　2024年8月第1次印刷
ISBN 978-7-5596-7914-7
定价：65.00元

版权所有，侵权必究
未经书面许可，不得以任何方式转载、复制、翻印本书部分或全部内容。
本书若有质量问题，请与本公司图书销售中心联系调换。
电话：17710717619

目　录

连环套 …………………………………… 001
驴肉球 …………………………………… 052
我本善良 ………………………………… 090
老黄的幸福生活 ………………………… 154

连环套

1

放学铃响过一阵,学生们一窝蜂地出了校门。

然后,刘校长宣布开会,刘校长拍拍手说大家都坐好了,"占不了大家多少时间。"

其实刘校长就是不说教员们也都清楚他要说什么事。杨树街学校现在一共有两件大事:一件是推荐后备女干部,一件是学校要扩建的事。教员们对前者没多大兴趣,够推荐条件的女教员只有一名,就是张碧波老师。大家的兴趣都集中在后者。学校就是这么个学校,东边紧靠着城墙,说紧靠着城墙不太准确,应该是紧靠着那条护城河。学生们上体育课有时候一不小心就会把足球踢到护城河里,还要人下去把球七找八找找回来。护城河因为常年没有水,有些教员就在里边分畦种菜,倒好看,绿油油的。一个人种,其他人也纷纷效仿,直把护城河种得花花绿绿。但有时来一场大雨,那些菜便会给冲得一棵不剩。护城河东边,是那座老城墙。老城墙是杨树街小学的大骄傲,外边来人,刘校长首先会兴致勃勃地把老城墙介绍一下,这样的介绍他已经不知道重复过多少次。一般人只知道它是明代的城墙,很少有人知道这城墙里边居然还包着唐代的老城墙,再里边,更早,还有北魏的,这个城墙，是一层包着一层，一层比一层古老！刘校长这么一说，来参观的人都会张大了嘴，如果碰巧谁带了照相机，还会和老城墙拍几张合影。新生入学，老师也照例指着窗外的城墙给同学们隆重介绍一下，好像那已经是学校牢不可分的一部分。不但这样，春天的时候有些教员还会带学生们爬到城墙上去踏青。张碧波就特别爱带同学们上城墙，顺便还采集一些植物标本，毛茛啦、毛地黄啦、益母草啦、车前子啦、枸杞啦什么的。张碧波还会对同学们说："同学们知道吗？不但是这个城墙，就连下边那护城河也是古董，古时候为了修城墙，人们在下边挖来挖去的，就挖出这么个大古董。"去年，房地产商毛丕显曾打过护城河的主意，想把它填平了在上边盖一超市，名字都起好了，就叫"丕显超市"，可当时就给刘校长严厉制止了，理由是学校旁边盖超市，孩子们还上不上学？可现在情况有所变化，学校已经和有关方面协调好了，要把东边那一段护城河填平，在上边盖教学楼，以缓解学校学生多教室少的紧张状况。但让教员们感兴趣的不是教学楼，而是除了盖教学楼，还要集资在东边建起两幢宿舍楼。现在的商品房简直就是血盆大口，而集资楼一平方米才两千五，不得不说是一个天大的便宜。

"问题是——"

刘校长抬起手弄弄他那几根稀疏的头发，把问题摆了出来，为了填护城河盖教学楼，除了区财政拨一部分款，再加上区教育局答应给解决一部分财政问题外，上边的精神是要学校自筹一些，学校怎么筹呢？学校又不是老母鸡，更不会生蛋。刘校长说为了扩建的事他已经绞尽了脑汁，而且最近把自己搞得经常彻夜失眠，虽然说自己年纪还不算大，头发却大把大把在掉。刘校长摸摸他那日渐稀疏的头顶，说自己真是对杨树街小学蛮有感情，连做梦都梦见学校在轰轰烈烈地施工。但问题是，资金不够，要到处去张罗，弄钱的方案当然不止一个，现在就有一个方案需要和大家探讨。刘校长的话还没说完，教美术的郜老师早已在旁边急不可耐，他儿子的婚事因为房子的事总是一拖再拖，儿子的女朋友三番五次流产。"那两幢集资宿舍楼，在西边还是在南边……"郜老师的话还没说完，刘校长忙用左手的食指顶住右手的手心，"打住，打住，牛头不对马嘴！这话传出去土地局规划局不找你的麻烦才怪？"刘校长又用左手的食指顶顶右手的手心，"大家都听好了，一！二！三——想住房的话，谁也不许做奸细对外透露学校的事，要是不想住，大家就随便说，说咱们这里盖中南海也行！"郜老师吐了一下舌头，"学校哪有奸细，这种好事想必谁也不会对外边瞎说。"郜老师这么一说，坐在他旁边的张碧波，一边玩手里的手机一边笑着推了他一下，"我看你就是个老奸细，什么又是西又是南的，你是不是想先把方位搞好，等敌机来了就朝天空打手电。"张碧波这么一说，人们就都嘻嘻哈哈地笑起来，体育老师李铎说："郜老师当奸细也当得，为了儿子的女朋友不把下边刮成筛子底！"

刘校长被这话逗笑了，说："奸细其实就是人们的这两片嘴，学校总共有一百来张嘴，从今天开始，张张都得给我把封条贴上！"

刘校长又强调了一下： "此事非同小可，大家都把封条贴上！"

接下来，刘校长言归正传。"只几句话，不会耽误多长时间，也没什么大事。"

张碧波看看手表，又已经快七点了，因为是班主任，她回家总是很晚。好几次了，她对校长说自己不想当班主任了，并不是因为嫌补助少，可刘校长说："我当一天校长，你张碧波就别想躲在一边享清闲，谁让你是我千辛万苦从实验学校挖过来的呢？"

张碧波自然无话可说，刘校长是她和她爱人陈一的结婚介绍人，刘校长的父亲还是陈一的老上级，陈一和刘校长的关系没得说，他们在很年轻的时候就经常在一起喝酒、一起游泳，现在他们的活动有所变化，晚上喜欢在一起用扑克玩玩"杀人游戏"，或者在杨树街一带搞搞别的什么小活动。杨树街派出所的丁所长是学生家长，他对刘校长说："在我的地盘只要不杀人，别的什么事都可以大事化小、小事化了。"

2

已经是深秋了，早晚都有些冷，杨树街两边的杨树都黄透了。

开完会，张碧波骑着车子急匆匆地往家里赶，白围巾一飘一飘的，风挺大。

做小学班主任有时候真像是在做阿姨、做保姆或者是给人家当爹当妈，回家晚已经不算是什么事了。张碧波的爱人陈一也早已习惯。陈一在大剧院工作，工作就是画电影广告，现在大剧院经济萧条，一个月也没得几个广告可画，职工们只拿百分之七十工资，所以人们在家待的时间相对就多。陈一好像已经习惯了做饭，囡囡倒不用接了，囡囡已经去省城上了大学。陈一对许多熟人说他现在喜欢上了做饭，一旦失业也许就去找个地方做厨师，他好像不但喜欢做饭，还喜欢一大早起来和女人们一道去挤菜市场，虽然家里从来都不需要买菜。这天早上他买了些河虾，此刻他正在阳台上细细收拾。

"吱——"的一声，是张碧波的自行车。

"回来啦？"陈一朝外问了一句。

外边没搭腔，只听见"哗啦哗啦"开走廊门的声音。

门开了后，陈一又问："回来啦？"

张碧波只"嗯"了一声。

陈一马上就察觉出张碧波的情绪与往日不同，像是有些兴奋，"叮叮当当"一阵子把饭菜端上桌，侧过脸问一句："是不是有什么好事？那个事有眉目了？还是马小勃的事？家长互吐口水可真是没水准。"陈一一说这事就总是想笑。

"有水准的人现在有几个？你想想还会有什么好事？"

张碧波转过身子把那沓子材料拿了出来，要陈一看。

"我看刘振亚真是不想当这个校长了，这不能怨别人。"

陈一把一块油焖黄瓜放在嘴里，一边嚼一边看那摞子材料，觉着有些眼熟，马上明白那是学生的座位图，横八排竖八排。翻一翻，一摞子材料全是这样的座位图，每一页上还都标着哪个年级哪个班，这没什么新鲜。

陈一说这玩意儿他起码都看过几十次了。

"你猜猜。"张碧波说，"这一次保证你猜不出。"

陈一转转眼珠，他还真猜不出来，"是不是又要打乱了重排？或者又是什么头脑人物的孩子要好位子？区长还是局长？还是纪检？或者是鸡，现在鸡都很有钱。"

"跟你说你都会觉着可恶。"张碧波说，"刘振亚是什么办法都敢想，现在又把主意打在学生的座位上，学校要收座位费，收学生的座位费！"

陈一"呃"了一声，眼睛睁得老大："不会吧？刘振亚这家伙疯了？学校又不是剧院，连座位都收费？"

"算是让你说对了，刘振亚分明就是在模仿剧院，连座位都要收费。"张碧波说这件事明摆着对他们有好处，虽说有好处，但让她发愁的是明天怎么召开这个家长会，怎么开口对那些学生家长讲，当然有些家长不在乎那几个钱，但班上有许多学生的家庭情况实在是不好，连吃早点的钱都一天有一天没有的。

张碧波马上数出了几个学生的名字。

张碧波一说到刘小飚的名字，陈一就指指地上的那一袋子菜："喏喏喏。"

刘小飚的父亲是个卖菜的，为了孩子上学有个好照应，这三年张碧波家的菜他几乎全包了，菜白送不说，还都是挑好的，几乎是隔一天送一次。这天下午刘小飚的父亲又把菜送来了，茄子、黄瓜，还有七八根剥好的茭白。不但白送菜，刘小飚的母亲还会定期来张碧波家帮着收拾一下，擦玻璃，洗家具，从来都不肯收张碧波的一分钱。班上那么多学生，张碧波唯独觉着自己欠刘小飚。

刘小飚爸爸的菜摊儿就在张碧波家小区的南边。

"得想个办法。"张碧波说，"白吃人家菜都三年了，想一想心就怦怦跳。"

"我也说过多少次了，他还是照送，你有什么办法？"陈一说，"你又不是不知道我躲都躲过多少次了，一听见是刘小飚的父亲我都不开门，可人家照样送，照样把菜放在门房，弄得整个小区都知道，不过你心也别怦怦乱跳，还不就是几棵菜，区区小事，又没几个钱。"

"这么一来，让刘小飚坐什么地方？"张碧波看着陈一，拍拍那一摞子材料，说，"最让我发愁的就是这个刘小飚，星期天又马上要到了，刘小飚的母亲又要来家里给咱们无偿打扫卫生，得想个办法。"

"给她塞些钱？还是怎么办？"张碧波想让陈一拿个主意。

陈一把嘴里的一块儿油焖黄瓜嚼得"咯吱咯吱"的，说："这也没什么吧？你照顾她儿子，她帮你收拾一下家，大家互相帮忙，都说得过去，还用给钱？你给钱她会收？再说该给多少？"

"问题是学生的座位一收费，刘小飚肯定没戏。"张碧波说，"关于刘小飚现在坐那个座位好几个家长都有意见，都反映到刘校长那里去了,说到底是什么关系?杨树街学校就那么几个好座位,怎么会给刘小飚坐?"

"现在的家长也太鸡巴相!"陈一说,"上课又不是在剧院看戏,都要抢前排!"

"没那么简单,安排座位最得罪人,为了座位的事,局长都往过来打电话。"张碧波说。

"刘振亚这家伙也不考虑考虑学生的具体情况?"陈一说着用手摸摸餐桌上那只朱红色的倭瓜,再摸摸那只碧绿的倭瓜,这两个一红一绿的倭瓜是陈一买来摆着看的,说是好看,陈一总想再买一只金黄色的倭瓜,可街上就是没有金黄色的。

"可怜天下父母心!"张碧波说,"家长们都认为在老师眼皮子底下学生就不敢走神做小动作,所以都抢着要第一排第二排,其实根本就不是那么一回事!"张碧波不想说这事了,她告诉陈一刘校长让他抽时间去一下学校:

"那三块大石头要你给设计一下。"

陈一说:"又要设计什么石头?"

张碧波的心思不在这上边,夹了一块油焖黄瓜在嘴里"咯吱、咯吱"嚼,只觉没什么味儿,喝一口汤,咽下去,不想再吃了,剩半碗米饭,又拨回锅里。张碧波把她的手机拿了出来,对陈一说:"刘校长讲的话都录在里边了,你可以听听,这一下够他受的。"

"学校还真要收座位费?"陈一还是有些不相信。

"星期六开家长会还不让说是座位费!"张碧波说。

"怪哉,怪哉!"陈一笑了起来。

"就是不知道学生去厕所收不收费?"

陈一听他的录音去了,他对张碧波说:"你这个手机分量可重了,小心别把录音给删了,到时候这手机是要立大功的,我看你的机会真是来了,校长那位子肯定是你的。"

3

星期六，张碧波骑着那辆红色自行车去了学校。

又刮了一夜风，街道两边杨树上的叶子所剩无几了。

早晨，到处可以见乡下人拉着一车一车的大葱在叫卖："多好的大葱，多好的大葱！"

学校开家长会的当然不止张碧波这一个班，所有的年级和班次都要开。学校一进门的地方和学校大门外这天上午停了不少车子，除了自行车还塞了不少小汽车。这天，在各年级各班单独开会之前，学生们的家长在刘校长的带领下先把学校参观了一下，说参观有点文不对题，学校就那么点大，这头儿可以望到那头儿，根本就没什么参观的，只能说是刘校长带领大家顶着落叶飘飘的大风走了那么一大遭，从学校南头往最西头走，再从西头回到南头。落叶在人们的脚下"哗啦哗啦"地响。

刘校长一边在风里走一边给家长们介绍学校的情况，时不时还会按一下给风吹起来的头发，跟得紧的学生家长们便都知道了学校最近的举措，原来是要把护城河填平了盖新的教学楼，看样子学校要立志大展宏图。离得远的家长不知道刘校长在说什么，想挤上前听听，却也懒得挤，想想也不会有什么好事等着自己。要有好事，大风天的还用校长亲自领着大家走来走去？"要是工程快的话，明年年底新教学楼就可以投入使用。"刘校长把被风吹起来的头发又往下按按，对旁边的人说："新教学楼盖成之后，学校的打算不是增设班次，而是要把班分一下，八十多个座位到时候会变成四十多个。这样一来，老师们的精力就会全部集中在四十多个学生的身上。"

"大家说，一个人放八十只羊好还是放四十只羊好？"

刘校长是师范毕业，从师范出来先在他父亲所在大剧院那里上了两年班,然后才调到学校教小学语文,所以一开口就是小学老师的腔调。他的这个比喻虽然不太恰当,但学生家长们还是兴奋了起来,"当然还是四十个学生的好!如果一个老师只带四个学生就更好!"不知哪个学生家长及时地幽默了一下。刘校长朝那边看了看,大度地笑笑,说:"学校和家长们的想法当然是一致的,目的就是要打造精品学校,每个班次学生少一些才能精,多了怎么精?说句实话,学生多了老师连作文都改不过来。"刘校长边走边说,带着家长们已经走到操场东边,就在那棵巨大的槭树旁边,在这里学生家长们看到了那三块巨石。这是三块巨大的花岗岩,每一块都有一人半多高,四面都已经打磨过了,上面落了一层黄黄的落叶。刘校长的手里不知什么时候出现了一截粉笔,他快走几步,站在了中间那块大石头旁边,先在靠下一点的地方写了"学生×××",然后又在靠上的地方写了"家长×××"。

什么意思呢,围在刘校长旁边的家长不知道他在石头上写这几个字是什么意思。

"意思很简单。"刘校长拍拍手上的粉笔灰,说:"凡是对学校有贡献的学生和家长到时候都可以把名字留在这上边。"刘校长说这可是流芳千古的事情,但怎么样才能流芳千古他却没说。

"这是三块碑吧?"不知是哪位家长问。

"说得对。"刘校长把身子背过来,一手按住头发,地上的落叶又被一阵子风猛地"刷刷刷刷"扬了起来,"具体情况请班主任们待会儿告诉大家。"

"不说也清楚,还不是钱的事。"一个家长在后边用很小很小的声音对另一个家长说。

"请咱们来哪会有什么好事。"另一个家长也小声说,"猜都猜得出。"

"现在培养一个学生可真不容易!今天这费明天那费,十万都挡不住，孩子长大了老子的油水也给榨干了。"不知哪个家长又补了一句。

一群鸽子飞了过来，一阵风似的。学校传达室门口停了一大车长白菜，有人正在那里弯着腰把菜一堆一堆地分开。操场上，有学生在篮球架下投篮，"嘭嘭嘭嘭"。学生家长们参观完学校又纷纷进了教室。刘校长也回到他的办公室，刚才，他的手机一直在响，看看号码，是同一个人，就是那个房地产商毛丕显。

刘校长的办公室正对着学校大门，学校门口有什么动静他都能看得清清楚楚。刘校长站在办公室窗口一边接电话一边传声地数着停在学校门口的小汽车，一共十二辆。

这时候电话通了，毛丕显在电话里问："什么十二辆？你说什么？"

"我们学校也该换辆像样的小车了。"刘校长对电话那头的毛丕显说，"学生家长的小车一辆比一辆好，我他妈还坐辆'砰砰砰砰'乱放屁的破桑塔纳，在学生家长面前真是连一点点脸面都他妈没有。"

"你新车不是回来了？要是工程顺利我再送你一辆宝马。"毛丕显在电话里"嘻嘻嘻嘻"一阵坏笑，"你怎么星期六还在学校？居然这样上心，是不是俄罗斯小姐代表团在你那里参观访问？娜塔沙也在？"

"放狗屁。"刘校长说，"你又不是不知道家长会不方便放在工作日。"

"你最好是扩大招生，把俄罗斯学生招那么一批，到时候开家长会才热闹。"毛丕显在电话里说，"办学校思路要放开一些，胆子要大一些，下手要狠一些，主要是要狠一些。"

"是真开家长会。"刘校长笑着说，"你又不是不知道我不喜欢俄罗斯。"

"你在俄罗斯的表现挺好嘛。"毛丕显说,"你别以为我没听到你屋里半夜叽里呱啦,"毛丕显在电话里尖着嗓子怪叫了一声,"娜塔沙——"

"别放屁,是真的开家长会。"刘校长说,"下次再请我们出去别那么小气!俄罗斯算什么,还不是在家门口瞎逛悠,又喝不上什么好酒,整天鸡巴格瓦斯大列巴!操他妈的格瓦斯!下次要去就去法国比利时。"

"法国就法国,比利时就比利时。"毛丕显说,"家长会又是什么新内容?"

"学校又没别的摇钱树,就这么一棵还能让人开开心。"刘校长笑着说。

"又拿家长开刀?"毛丕显笑嘻嘻地说。

"我还能拿老虎开刀?像老虎园老刘,动不动及时地死那么一头老虎,到处请人吃虎肉,把新来的市长都搞到他个人的圈子里了,还怕明年不弄个县团干干。"刘校长说,"你有什么事简短一点,我还要到班里去看看情况,听听那些摇钱树都在说些什么。"

"请黄阔的事。"毛丕显说:"我替你想过,真的很重要,工程的事永远绕不过他,纪检书记什么事都可以不管,但什么事也都可以管,只要他一插手就是麻烦事,先要摆平他。"

"过两天,你给我打电话,这几天我的嗓子,你听听。"

放下电话,刘校长出了办公室,刚掏出粒润喉糖放在嘴里,有人就把他拦住了,是门房老黄:"土豆送来了,二十多麻袋,一大车。"

刘校长又去了学校大门口,土豆是让学生家长搞来的,还有大白菜。放寒假之前,他还准备让家长再搞些鸡蛋来给教员们当作福利发一发。这几年,刘校长把学校的福利搞得十分滋润,一本学生家长关系册被他翻得能倒背如流。

4

班主任们把学生家长都带到了教室里,这两天还没有暖气,教室里有些冷。

张碧波让学生们打来了开水,她对那些家长十分客气地说:"水是刚烧开的,这里有花茶,还有茶杯,请大家坐好。"家长根本就不用招呼,他们都知道自己的孩子坐在哪个座位,便都各自找了自己孩子的座位,有的家长还趁此检查一下自己孩子的座位里都放了些什么,把课桌里的东西取出来一点一点地细看。刘小飚的父亲也来了,这是一个长着国字脸,一说话就会脸红的男人,他一向十分看重开家长会,只要开家长会他都会来,而每次他都要坐在最后边,怎么叫,也不肯到前边。

"往前坐,往前坐。"张碧波对坐在后边的刘小飚父亲说。

"好好好,好好好。"刘小飚父亲的脸又红了,人却没动。

张碧波让值日生倒了一杯茶给刘小飚的父亲,然后宣布开会。

"家长们来的差不多了。"张碧波往下边扫一眼,说,"也没什么大事,大家都挺忙的,西伯利亚寒流,天气又不好,再加上还没送暖……"张碧波已经预料到把学校收座位费的决定说出来会有什么效果出现。

昨天晚上,她要陈一给自己拿主意,陈一说:"既然怎么说都不好,你干脆就直说,千万不要解释,直说这是学校的决定就可以。"

"这一回也许要影响大家情绪了。"张碧波又说了一句,说这话的时候她还不好意思地笑了一下。接下来,张碧波就直接把学校收取座位费的决定说了出来,由于是直接说,一点点弯都没转,她倒觉得没什么难开口不难开口了。她这里不觉得有什么,下边的家长却颇感意外，有的甚至还没听清，都瞪大了眼要求张碧波把话再说一次。张碧波就又把收座位费的事说了一次，并且把那沓子座位图举起来给下边的家长们看了一下，"各个班次的座位图都在这里了，不光是咱们这个班，全校的所有年级和所有的班都要收座位费，前边的座位全都收费，只有最后两排免收。"张碧波说话的时候，习惯性地把手机的录音键打开了，她要把家长们的话也录一些下来，想也想得出家长们的反对意见一定会很多，录下来到时候也许有用。陈一对她说过，想当这个女校长光靠她表哥还不行，还得要有自己的撒手锏，录音就是张碧波的撒手锏，到时候用这个撒手锏，让刘振亚一锏致命的就是张碧波在教育局里当纪检书记的表哥黄阔。

下边的家长们马上都有了反应，先是一片惊愕，然后乱吵起来。

"学生座位还收费？"

"是不是又有新文件？"

"教育改革也不能改到这上边。"

"请大家谅解……"张碧波想应该怎样解释一下。

下边的家长吵得更厉害了，说："这真是千古奇谈，美国呢？英国呢？法国呢？收不收？肉价也涨，油价也涨，菜价也涨，怎么回事？按理说通胀也涨不到学校啊。"

"也不能说是座位费……"张碧波不知道该怎么解释了。

"上课又不是看戏。"不知是哪位家长忽然在下边笑了一声。

一点红晕马上在张碧波的脸颊上大面积红开，她看看坐在下边的学生家长，目光忽然变得虚虚浮浮起来，不敢具体停留在某个家长的身上，她又重复了一遍："这是学校的决定，学校现在也很困难，盖新教学楼上边要学校自筹一部分，学校又有什么办法？学校又不是厂矿，学校又不是什么……"

"这种事给不给开发票？"下边的一个家长突然提出这个问

题来。

  关于这个问题，刘校长那天已经明确讲过，一是不能开发票，二是不能说是座位费，只能说是捐款，学校的回报是到时候会把家长和学生的名字刻在那三块功德碑上。刘校长还对班主任们说这个关一定要把好，嘴上都不要乱说，谁要把"座位费"这三个字说出去谁就要负责。这简直是要把班主任们为难死。

  "不开发票，到时候学校会把家长和学生的名字都刻在碑上。"张碧波说。

  "把名字刻碑上？"下边的那个家长又问了一句。

  "对，刻在碑上。"张碧波又重复了一句。

  "让我们当政治局委员还差不多。"下边不知哪个家长小声说了一句。

  下边又是一阵喧哗。

  "馊主意！"不知哪个家长很生气地在下边大声说。

  张碧波朝那边看看，轻轻拍拍手，说："希望家长们谅解一下，学校有学校的苦衷。学校这样做是为了教育，到时候学校教员也要捐款的。"张碧波说到这儿突然闭了嘴，她自己也不知道自己怎么就会从嘴里说出这么一句话，自己又不是校长。她愣了愣，发现自己的眼睛这时正直盯盯对着刘小飚的父亲，那张国字脸一动不动，也一直对着自己。这时又有家长说话了，问座位费怎么个收法？张碧波想纠正一下这个家长的说法，想说这不是什么座位费，但话到嘴边又马上咽了回去，这不是座位费又是什么？张碧波笑了一下：

  "第一排和第二排一个学期是八百，中间的再加收一百，第三排和第四排一个学期是四百，中间的座位再加一百，第五排和第六排一个学期是二百，中间的座位再加收一百。"

  "要是都想坐第一排和第二排的好座位呢？"下边又有家长问了。

"谁先交钱谁先坐。"张碧波说,"这和剧院卖票一样。"这话一出口,张碧波马上觉得自己更是说漏了嘴,家长们在下边马上"哗哗啦啦"笑开了,说:"学校可不能和剧院比!只可惜学生也不是什么观众,学生就是学生,学生上课可不是在看演戏。"这话说得十分尖锐。

张碧波摸摸自己的脸,当班主任这么多年,她第一次觉着自己不敢朝下边再多看一眼,耳边也听不清下边的家长们在说什么,自己也不知道自己该说什么,下边再说什么,再吵什么,她好像再也听不进去。她在心里忽然更加强烈地觉得刘校长真是不像话,怎么上边竟然让这种人来当一校之长!就这样,学生家长说学生家长的,她在心里想她自己的,一直到这个家长会开完,一直到家长们每人拿了一张教室座位图慢慢从教室里走出去的时候,张碧波还觉着自己的脸在烧。

教室里的人差不多走光了,这时还剩下一个学生家长,那就是刘小飚的国字脸父亲,他正帮着那两个班干部收拾课桌上的一次性杯子和地上的烟头。

"放下放下。"张碧波忙说,"这事情让学生们来,朱小飞你过来——"

"没关系,三两下的事。"刘小飚的父亲说。

"明天,让刘小飚的母亲不要过来了。"张碧波突然把这话说了出来,她突然变得有些嘴笨,想想,又说,"我们明天要全家出门,去北郊焦山寺一带看红叶,以后家里的卫生我自己收拾好了,"张碧波的脸已经红了,"再说陈一在家里也没什么事做。"

"没关系。"刘小飚的父亲说。

"什么没关系呢?"张碧波心里想。

"没关系。"刘小飚的父亲又说了一句。

"座位费一收刘小飚连好位子都坐不上了还没关系?"张碧波在心里又说。

"学校有学校的困难。"刘小飚的国字脸父亲忽然说了这么一句。

"对待拔尖的好学生我想学校会另有政策。"张碧波想安慰一下刘小飚的父亲。

刘小飚的国字脸父亲眼里忽然闪出亮光来,他给张碧波倒了一杯水。

"当班主任也真是为难。"刘小飚的父亲忽然说。

张碧波觉得心里好一阵子温暖,这话就是天籁。

"应该的,这是应该的。"

讲台上,有许多七星瓢虫在爬,张碧波很腻歪小虫子。

5

陈一把刘校长拉到一家小饭店去吃湖南菜。

小饭店在欢乐街最里边,门口有一株紫藤,现在只是一架狂乱的枯枝。

陈一吩咐服务员菜不要太辣,也不要再劝他们点什么黑椒牛柳,"世界上最数牛柳这道菜难吃了,还什么黑胡椒白胡椒。"陈一对女服务员说,"你们饭店最好取消这道菜。"

刘校长是湖北人,却十分喜爱吃湖南菜,他尤其喜欢这家小饭店的腊八豆和炒白菜苔。这家小饭店门面不大,但湖南菜却烧得蛮好,所以来吃的人特别多。因为是星期六,饭店里的座儿都给吃客塞得满满的,因为大风降温,饭店的玻璃上雾蒙蒙的。

吃着菜,陈一说:"学校我就不去了,有什么事你在这里吩咐就是。"

"你也不去看看怎么设计?"刘校长说,"那三块石头都有一人半高。"

"石头有什么好看,又不是小姐。"陈一眯着眼一笑,说,

"我猜可能是碑吧。"

"你怎么猜得到?"刘校长说。

"狗肚里的事!"陈一说,"我是一条狗肚里蛔虫我能猜不到?"

刘校长笑起来:"你骂我是狗。"

"对吧,是碑吧?"陈一说,"我这个狗肚里的蛔虫当得怎么样?"

"不对。"刘校长说,"你说得偏偏不对,是碣。"

"碣?"陈一想想,"什么碣?"

"四面刻字应该是碣。"刘校长用筷子头在桌上写了一个"碣"字,说自己已经查过字典了,碣是方的,碑才是扁的,学校里立碑有些危险,低年级学生们和猴儿差不多,到时会爬上爬下,弄倒了砸死一个半个谁赔得起。这三块大石头几乎正方,地震都倒不了,又能多刻些名字在上边。刘校长说:"立云县县长是我们的学生家长,真是够意思,三块那么大的石头一分钱也没要,硬是从石材厂打磨好给送了过来,运输费也硬是没要一分。"

"他没请你去洗温泉?"陈一笑嘻嘻地说,"立云县的温泉浴场好得很,在那里洗澡还可以白吃两顿饭,据说那地方橡胶套子每天都要往外倒两垃圾桶,弄得河里白花花的都是精液,听说母鱼们都怀了孕,肚子被搞老大。"

刘校长笑了起来,说:"想洗还不容易,只是这几天有些凉了,不知那边暖气来了没有,到时候又感冒。"刘校长才说感冒,喷嚏就来了,连着打了好几个大喷嚏,拿过餐巾纸把鼻子嘴巴擦了,说:"是该好好儿出出汗了,不过这几天太忙了,学校想在上冻前把地基先打出来。重要的是先把南边的地基赶着打出来。"

刘校长已经对陈一说过了,南边的那两栋家属楼下边是临街铺面,是这一次工程的重头戏,到时候先出租,是学校的一块大肥肉。

陈一伸出两个手指，说："我下半辈子可全靠那临街铺面维持生命了，所以，必须要考虑给我两个铺面，就看刘校长你了。"

"我自有主张。"刘校长说，"也许到时候比你想的还要好。"

陈一就说起学校里收座位费的事，说："是不是会弄出很大的动静，到时候又是报纸又是电视台麻烦不会小，现在新闻媒体最操学校的心，所以……"

"挖掘来挖掘去，学校也就剩下座位这么点儿资源了，学校资源本来就少。"

"学生座位也变成资源了？"陈一忍不住笑着说。

"那怎么不是？"刘校长说，"学校的座位要比剧院的座位重要得多，剧院算什么？"

"你这是改革求新。"陈一说。

"这么说还差不多。"刘校长把鱼头吸得"嗦嗦嗦嗦"，吸完鱼头，又把下边的黄豆芽夹一筷子放嘴里嚼，说，"这事我考虑了多少个晚上了，想闹事的肯定大有人在，但没有收据，光凭嘴头子是玩不出什么花样的，再说报社刘社长的几个学生我都办了，他的手我想硬不起来，要紧的是你抓紧时间去学校看看那三块石头，把它好好设计一下，不要老刻什么龙啦凤啦什么的，这回要刻桃李的图案，有一支歌子不是讲今日是桃李芬芳，明天是国家栋梁，碑的上边就刻他妈的桃李图案，四边都要桃李花，碑刻好不能等教学楼开工不开工，有一个学生家长交钱就刻一个学生和学生家长的名字，是随交随刻。还要镀金，亮闪闪的。"

"镀金，亮闪闪的！"刘校长又说。

陈一把另半个大鱼头一筷子夹到校长的碟里，说补补要紧，吃什么黄豆芽。

"你不来？"刘校长说，"鱼头可是好东西，脑白金都在这里。"

"我天天在家里不做事就是补。"陈一说，"我这一杯是敬你的，敬你那铺面房千万要记着我，碑的事我明白，要与众不同而且有气派，光刻桃李图案我看是不是轻了点，再加刻几面国旗怎么样？飘动的，这样，既图案化又好看，学校里的事，有点政治的味道最好，对不对？别人也不会挑什么毛病，挨政治紧一点总不会出什么错。"

刘校长眨眨眼，说："四中的英雄纪念碑上边就刻着松柏，不会搞成那样吧？搞成死人的东西？谁还愿意把名字刻在上边？"

"四中是松柏，咱们是国旗和花，哪能一样？而且咱们的国旗是这样飘动，有线条，十分艺术。"陈一又做手势，"我要设计不好它就不叫陈一了！"

"狗屁，别叫陈大粪就行。"刘校长笑着说。

"我就是你肚子里的大粪！"陈一也笑嘻嘻地说，"别人想做这坨大粪恐怕还轮不上呢。"

"万万不能和纪念碑搞成一回事。"刘校长说，"到时候不要让人觉着自己是上了纪念碑去做死人，现在的人是宁可吃狗屎也要活着。"刘校长又吸完了另一半鱼头，端起啤酒和陈一碰一下，把脖子往后仰，几绺稀疏的头发一下子掉下去。喝完后，用手又把头发扶上去，这么一弄那么一弄，手法是熟练的。

"学生家长里边可是有正经人，你就不怕学生回去乱说？"陈一问。

"傻×！我把家长请都请来了还怕什么？他们未必带着录音机，一没有录音，二没有收据，三还会把他们的名字刻到碑上，我怕鸡巴！"刘校长说，"也许明天，我请客，把路子封死，你就过来陪酒，把人灌醉，灌成僵尸，然后抬到歌厅让小姐去慢慢打理。"

陈一把手里的手机玩来玩去，一会儿按按这里一会儿按按那里，其实他也是在录音。

陈一又问："请哪个？"刘校长倒不说了，笑着摸摸头发，只看着对面,对面一个人已经喝得稀烂,一张脸已经在那里流光溢彩,这个人的后面,是窗外小城的夜空,一大片的霓虹灯时红时绿,忽然灭一下,再亮起来。忽然又灭一下,然后再亮起来。

"请哪个?"陈一又问,也朝那边看了一眼,看到那边椅背上搭的警服。

刘校长用手把头顶的头发又弄了弄:"他妈的,有人建议我戴假发套,操他妈的。"

陈一问:"这个人是谁?"刘校长说:"还有谁,就是你老婆的那个表哥纪检书记黄阔,他和我商量要跟他一块儿戴假发套,明天,你跟我先去买假发套,要挑最好的,先送他一个假发套。"

陈一看着刘校长,忽然笑出声,说,"哥你做那事的时候还摘不摘?你要不摘,用力猛掉下来怎么办?把假发套掉在小姐的乳上。"

"狗嘴!"刘校长笑着骂了一声,又朝那边看一眼。

米汤青菜钵上来了,两个人很快都喝得"呼噜呼噜"的。

"学校也够缺德,连座位费都收。"陈一一边喝一边笑着说,"这样做不怕生儿子没屁眼?"

"我早就断子绝孙了!"刘校长说,"要再早几年还可以考虑生个儿子,现在晚了,种子倒还有多半肚子,就怕我那片地不行了。"

"老地?"陈一笑着说。

"老地!"刘校长说。

"还不开片新地?"陈一笑着说。

"犁头不行了。"刘校长说。

"那怕什么,淬淬火。"陈一说,"现在遍地都是伟哥,那家伙用伟哥一淬就行!"

"明天就去买假发套,我也买一个陪他戴!"刘校长说。

"好。"陈一说,"现在戴假发套的人很多。"

"这次全市安排女校长我看你老婆有门儿。"刘校长忽然说。

"能伺候好我就行了。"陈一说,"女人就是女人,她们的舞台是厨房。"

"这事很快就要下来了。"刘校长说,"听说就在最近。"

6

门外有人轻轻敲门,张碧波轻手轻脚走到门边。

楼上的顾老师在教学生唱歌,反复就一句词:"河里青蛙从哪里来?"

张碧波从猫眼往外看,门外是刘小飚的母亲,这是一个胖胖的中年女人,脸红红的,因为常年做清洁工作,衣着总是很随便,头上是白色护士帽,下边是一条黑色的紧身裤。张碧波想了片刻,还是把门打开了。门打开后张碧波又吓了一跳,她看到了跟在刘小飚母亲身后的"国字脸","国字脸"扛了两捆打好把儿的葱,这肯定是挑了又挑的葱,葱白,根根都很粗,一根一根还很干净。刘小飚的父亲说他不进去了,这葱够吃一冬天了。一弯腰,已经把葱放在了进门的地方。张碧波也不留他,明白这几天他卖秋菜很忙。才说关门,刘小飚的父亲又从外边把门轻轻推了一下,这次又抱进来五六个奇大的芥蓝,芥蓝上叶子还在。张碧波马上说:"我是不腌菜的,我是不腌菜的。"刘小飚的国字脸父亲笑笑把芥蓝放下,这回是真出去了。

"我是不腌菜的。"张碧波还在说。

刘小飚的母亲在张碧波的身后,说:"这芥蓝三个就可以腌一缸,剩下的我帮你把它腌成姜丝菜,找几个大口瓶子放起来就可以。"这还用刘小飚的母亲说嘛,去年就是这么做的,刘小飚的母亲做的姜丝菜谁吃了都说好,教体育的李铎还向她要了一瓶子去早上喝粥,说:"吃了连丹田那里都热热的有感觉,那股热气直往下冲。"张碧波在心里"唉"了一声，不再说什么，看着刘小飚的母亲把葱提起来放在了阳台上，阳台上有护窗，菜啦、水果啦什么的就都放在那上边。放完了葱，刘小飚的母亲又把那五六个大苤蓝搬到了厨房，然后又拿了扫帚把地上的葱叶扫了扫。张碧波看着刘小飚的母亲忙来忙去，自己站在那里倒像是外人，直到刘小飚的母亲在厨房"嚓嚓嚓嚓、嚓嚓嚓嚓"，开始给苤蓝削皮，张碧波才回过神来，她有些失败感，说失败感也不对，总之心里很别扭，原想因为收座位费的事制止一下刘小飚的父亲再往家里送菜，同时也制止刘小飚的母亲再来收拾家，没想到自己根本就制止不了，其实自己在心里也不想制止。

"当班主任的还能得到什么好处呢？"张碧波在心里问自己。

"现在各行各业谁不想着法子为自己找好处呢？"张碧波又在心里对自己说。

张碧波只好围了围裙，从水池子下边拖出那两个腌菜的小缸"唰啦唰啦"地洗起来。

刘小飚的母亲忙说："张老师，快放下，待会儿我来，还有去年那几个大玻璃瓶子。我一块儿把它们洗得干干净净，张老师你哪是做这种事情的？"刘小飚的母亲这么一说，张碧波就洗得更起劲了，心里说，"我未必就做不了这种事"。其她更想说说刘小飚的座位的事，但不知从何说起。一时两人都突然没了话。

"唰啦、唰啦、唰啦、唰啦……"

"唰啦、唰啦、唰啦、唰啦……"

还是刘小飚的母亲又说了话，她说："张老师你当班主任多辛苦，一个星期也不见得能好好休息两天，还得腾出一天时间来给家长们开会，你歇着，待会儿我来做。"刘小飚的母亲这么一说，便有了话，张碧波说："学校要急着把新教学楼盖起来，所以从校长到老师们都要大忙一阵子，如果明年年底新教学楼能盖起，刘小飚还可以在新教室里风风光光念两年。"

"那就好，那就好。"刘小飚的母亲说。

"新教室里有电脑。"张碧波说。

刘小飚的母亲停止了削苤蓝，看着张碧波：

"张老师你对我们小飚是没得说，那次他打了你的杯子你都没让他赔，学校的事，该怎么做就怎么做，有你张老师帮他吃小灶，他这几年学习才一直在进步，才在班里考第一，我们感谢还感谢不及呢，总之他坐不到教室的外边就行，学校既然有规定要收座位费，张老师你不必为难。"刘小飚的母亲终于把话说到座位上来了。

"别坐到教室外边就行。"刘小飚的母亲又说。

"具体情况我会对校长说。"张碧波心里这才松了一下，"我实际上已经想好了，我要对刘校长说说刘小飚的事，刘小飚他们这一届再过两年就要考中学，多有几个学生考上市里的重点中学也是学校的骄傲。当然小学不比中学，要是中学，如果高考能考上重点大学学校还会返给学生十万八万的。"

"这几年杨树街学校也特别注重这些。"张碧波又说。

"张老师你不要为难，有你做他的班主任我们已经满足了。"刘小飚的母亲说，"我说的是心里话，什么地方不是学生坐的呢？只要不坐在烟囱上边就行。"刘小飚的母亲有时候很会幽默，挺逗人。

"只是刘小飚的个子在班里矮了一些，坐在后边就像掉到井里。"张碧波说了句家长爱说的话，那些家长们找到张碧波，总是说："看看看看，让我们孩子坐在那么后，和掉在井里没什么两样。"

"按理说我和他爸都不矮。"刘小飚的母亲说，"小飚的个子真是莫名其妙。"

"个子矮的人一般都聪明。"张碧波说，"现在这社会抓住猫就行，哪个管它猫大猫小。"

刘小飚的母亲已经把那几个苤蓝给切了出来，她干活真是麻利，把切成块儿的苤蓝放在小缸里，撒上盐，然后又开始切另外的苤蓝，这回是切丝。张碧波听得出来，刘小飚的母亲没别的意思，这样的家长才算是真正的聪明，才让张碧波在心里无话可说。而且，张碧波在心里更想让刘小飚坐在前边，她觉得自己想办法也要让刘小飚坐在前边。这么在心里一想，张碧波心里也舒畅了许多，她甚至想，要把刘小飚的作文拿到报社同学那里去发表。张碧波的同学朱银琴在报社副刊编稿子。两个人当年住上下铺，洗脚用一个盆子。

"刘小飚的作文最近大有进步……"张碧波把要说的话只说了一半。

"班上七十多个学生，谁不知道张老师看小飚的作文最仔细，每次都用红笔批得密密麻麻。"刘小飚母亲话里的"谁不知道"，恐怕这"谁"只有刘小飚的父母两个。张碧波确实看刘小飚的作文十分认真，每次批改刘小飚的作文，脑子里总是会浮起刘小飚的母亲擦玻璃扫地洗家满脸是汗的样子，还会浮起白菜啊、萝卜啊、茄子啊、芹菜啊各种各样的蔬菜，甚至有一次，张碧波给学生们出了个作文题就是《蔬菜》，要学生们描写十种蔬菜。到后来批改作文的时候她还忍不住笑了起来，陈一还问她笑什么，她至今也没告诉陈一她为什么笑，其实她是笑自己出的作文题。还有一次，她给学生们出的作文题是《家务》，要求学生们在作文里写一桩做家务的事，比如擦玻璃，比如扫地，比如收拾家。结果是，刘小飚的作文最好、最动人，是有感而发。张碧波让刘小飚在班里把自己的作文念念，再说说作文是怎么写的？怎么会有真情实感？刘小飚把一张小脸憋得通红，说："我长大不会让我妈再打扫卫生！"

"汽油又涨了。"刘小飚的母亲突然说到了汽油。

张碧波不知道汽油的事，看看刘小飚的母亲，不知道刘小飚的母亲怎么会突然说到汽油上去，但她知道刘小飚的舅舅是开出租的，帮过自己好几次都不肯收钱。张碧波只知道猪肉又在涨价。

"用不了多久又要过年了，还不知道到时候猪肉要涨到多少？"张碧波说。

"我们两个都靠小飚了。"刘小飚的母亲把话一下子又转到了儿子的身上，说刘小飚要是考上了大学他们就有指望了，他们这么辛辛苦苦就是为了刘小飚能上大学。

张碧波看着刘小飚的母亲，心里说：考上大学又怎么样？还不照样在街上手插在口袋里乱转，要找工作，没十万八万就别想。但嘴里还是说："对，考上大学就不用发愁了。"

"就靠他了，哪怕是考上市里的医专。"

刘小飚的母亲又用干净抹布蘸着白酒把腌姜丝菜的广口瓶子擦了一遍。一刹那，屋子里充满了好闻的白酒味儿，还有淡淡的茉莉的香气。夏天的时候张碧波买了两盆茉莉，到现在还开着。张碧波总是把开谢的茉莉都包在手帕里，睡觉的时候就把手帕放在枕头边。

"陈老师呢？"刘小飚的母亲总是"陈老师、陈老师"地叫陈一。

"去单位了。"张碧波没说陈一是和刘校长一起去游泳。每个星期天下午，他们总是在一起游泳，比赛躺在水上吐烟圈，比赛躺在水上喝饮料。游泳馆外边的那张大招贴画是陈一画的，所以他去那里游泳不花钱，有时还会免费来一顿自助，吃吃鸡翅什么的。

"陈老师的大画儿画得真好。"刘小飚的母亲说的是大剧院新张贴出来的那幅电影广告。

张碧波在心里忍不住笑了一下，伸出两只手，攥了一大把切好的苤蓝丝，一下一下地挤着里面的水分，屋子里，味道一下子清鲜起来。

有人在外边卖蜂蜜，在阳台外拖长了声音喊："新鲜王浆，新鲜王浆——"

"花儿都没了还什么新鲜王浆，难道落叶上也有蜜！"张碧波小声说。

"新鲜蜂蜜，新鲜蜂蜜——"外边又在喊，声音拖得更长。

"听说吃了王浆长个子。"刘小飚的母亲终于又把话说回到刘小飚的身上，"只可惜刘小飚个子太矮，还是个子高好，坐在哪里都不会发愁看不到黑板上的字。"刘小飚的母亲看着张碧波，眼里满满是期待。张碧波想说什么，但她忍住没说，她想说，学校再这样下去就完了，再这样下去学校只会越来越像个赚钱工具，赚的钱又都去了哪里？张碧波在心里说。

如果自己当了校长呢？张碧波又在心里说。

"起码自己不会做这种收座位费的缺德事！"

7

风停了，炒栗子的香气从街那头飘了过来。

张碧波从学校那边过来，她停了一下，看看自己走错了没有。

新江南饭店离杨树街学校不远。因为刚刚重新装修过，门面金碧辉煌不说，还画了不少梅花竹子熊猫孔雀。再加上又请了粤菜名厨，所以生意一时很火。饭店门口挂着大红横幅，上边写着"著名粤菜大师黄名久在此献艺"。一进饭店，当门放着的玻璃罩里放着一支雄赳赳的大鱼翅，翅上系着红绸带。另一个玻璃柜子里放着一件看上去很陈旧的黄马褂，据说是当年皇帝赏给黄名久的祖父的，已经给虫子吃得差不多了，是千疮百洞，但只要仔细看，就会发现上边的洞是被什么腐蚀的，全是假的。

因为是从学校西边那条路直接插过来，张碧波来早了一步，她想不到自己会第一个到，有些不好意思。上午的时候，马小勃的父亲说有事要和她商量，又说上次开家长会也没有过来，所以特意想请张碧波到饭店里坐坐。张碧波的班上这几天已经开始调座位了，第一个把座位费交来的就是马小勃，马小勃的父亲在区里当副区长，区区几个座位费又算什么。马小勃的个子很大，都快一米七了，却指明要第一排正中的那个座位，马小勃父亲还给张碧波捎了一句话，想请她多费心盯着点儿马小勃，看他上课的时候还玩不玩儿手机，只要马小勃一玩儿手机就用粉笔头打他。张碧波嘴里没说什么，心里却说何不把你儿子的手机没收？班里拿手机的马小勃是第一个，因为马小勃上课玩儿手机，和他挨着坐的刘国权才会和他发生那件事，弄得两家家长都很不愉快。

张碧波刚想从雅间里退出去，马小勃的父亲跟着几个人就说说笑笑地进来了。

张碧波原想不会有几个人，想不到马区长叫了整一桌子人轮流向张老师敬酒。张碧波其实是有些酒量的，她父亲活着的时候她常常还陪着父亲喝两盅西凤。但在这种场面张碧波只说自己不会喝。

"我以茶代酒。"张碧波说。

"当然可以。"马小勃的父亲说，"谁让老师是社会上第一可尊敬的人，再说张老师也许马上就是校长了，我先来敬张校长一杯。"

马小勃的父亲这么一说，大家又都乱哄哄地站起来一下，纷纷又喝一杯酒。

"你们不是谈什么正经事吧？"喝过这杯酒，张碧波的脸红了起来，她小声对马小勃的父亲说我在这里别碍事？

"忘了在电话里多说一句话，请你多带几个学校的老师来。"马小勃的父亲说，"现在来不来得及是不是都已经回了家？现在打电话晚不晚？"

张碧波还真看了一下表，都七点多了。

"那就算了，下次吧。"马小勃的父亲说，"这里的鲜鲍是真货，味道不错。"

还没怎么开始喝酒，雅间里已经是满屋子酒气，马小勃父亲带来的这些人中午刚刚喝过。马小勃的父亲不停地给张碧波夹菜。煎三文鱼不错，张碧波多吃了两口，马小勃的父亲便马上让服务员再上。

"哪能吃那么多。"张碧波说，"我也就是吃一口两口。"

"还有他们呢。"马小勃的父亲说。

趁着别人互相闹酒，马小勃的父亲适时地把话引到正题上。

"'可怜天下父母心'这句话说得怎么那么好，做父母的，你就是不想让他可怜都不行，他就是要可怜。"马区长说马小勃这龟儿子是我上辈子欠他！

张碧波慢慢慢慢把一根小鱼刺从嘴里拖出来。

"怎么会有鱼刺，服务员——"马区长大声喊。

"没事，没事。"张碧波说又没卡着，又这么细，又不硬。

"要是卡在喉咙里怎么办？"马区长说。

"没事没事。"张碧波说不关服务员的事。

"待会儿打他的折扣。"马区长说。

"我不知道说得对不对，"张碧波忽然把话引到正题上去，"你就不应该给马小勃手机，上次的事还不是为了手机，上课也不关，动不动'嘭嘭嚓嚓'响一气。"张碧波忽然想笑，一个当副区长的，居然为了孩子的事和别的家长互唾口水。

"张老师你说的当然对，但有一点，我也是没有办法，我在区里，马小勃在市里，有个手机我还能及时知道他在做什么。"马区长说我现在又是当爹又是当妈，他妈现在在天津又成立了家庭，我是既忙里又忙外，你不信？我的办公桌上还压了一张马小勃的课程表，课间休息在什么钟点我都知道，都在我心上。

张碧波还不知道马小勃的父亲和母亲离婚的事，不免要问一声。

"早离啦——"马小勃的父亲长叹一声，说这几年只顾着给党做贡献了。

"中午，马小勃吃饭怎么办？"张碧波说。

"那不成问题，让我犯愁的是想让他学好，我又不能天天跟着他。"马区长说所以自己才想请教一下张老师，有一个想法不知道行得通行不通。

马小勃的父亲伸手在衣服口袋儿里摸了摸，不知摸什么，还轻轻按动了一下，他再往下说，张碧波吃了一惊。

"我想再出一份儿座位费。"马小勃的父亲说，"座位费。"

"再出一份儿座位费？"张碧波说。

"一份儿八百。"马小勃的父亲说。

"对，第一排是八百。"张碧波说。

"那我就再出一份儿座位费，学校收座位费其实也有道理。"马小勃的父亲说。

"学校收座位费真是没法儿说。"张碧波说。

"学校领导给你们这么布置你们也没办法。"马小勃的父亲说。

"扩建教学楼上边拨款太少。"张碧波说，"刘校长也是没别的法子。"

"是不是都给你们布置了任务？现在当班主任真不容易。"马小勃的父亲说。

"这任务也太艰巨了！"张碧波看着马小勃的父亲，说，"你怎么还要再交一份儿座位费？"

"我想再交一份儿。"马小勃的父亲又说："再交一份儿座位费。"

"什么意思？"张碧波说，"为什么再交一份儿？"

"我想让班里学习最好的刘小飚坐到马小勃旁边的那个座儿上。"马小勃的父亲说，"张老师你看怎么样？那个刘小飚，听说学习在班里实在好。"

"这个……"张碧波忽然有些意外。

"可以在学习上带一带他。"马小勃的父亲说，"我的想法是不是太功利？"

张碧波看着马小勃的父亲，"刘小飚的学习真是很好。"

马小勃的父亲说他知道，而且还知道刘小飚的父母亲在做什么事："一个卖菜，一个打扫卫生，家庭条件不怎么好……"

张碧波有些反感马小勃的父亲这么说话，急说："只是不知道刘小飚同意不同意。"

"这事我看不必让刘小飚知道。"马小勃的父亲说，"这事要是让刘小飚知道了也许反而不好，也许反过来会影响他的学习，其实收座位费这件事本身就对学生们影响不好。"

只这一句话，张碧波突然又对马小勃的父亲有了某种好感，因为他的想法居然和自己一致，虽然上次吐口水的事给她的印象太一般了，两个男家长对唾，真是"风光无限"。

马小勃的父亲说这件事他保证绝对也不会让马小勃知道，如果可以的话，从现在开始他会把每个学期的座位费都按时交了，当然是两个座位的座位费。

"学校既然收，我就交，我交两份儿可以吧？"马小勃的父亲说。

"我问一下，不过……"张碧波没往下说。

"这个座位费的事我不会对任何人说，绝对。"马区长又伸手在衣服口袋儿里摸了摸，按了一下什么。张碧波没有想他把手伸到衣服口袋里按什么。

"但是，我觉得，这种事起码应该让刘小飚的父母知道。"张碧波说这话的时候心里想，要是自己做主不让刘小飚的父母知道呢？到时候刘小飚的父母会不会更加感激自己？刘小飚不但没坐到后边，反而又朝前挪了一排，还不用交座位费。

张碧波伸出筷子虚夹了一下菜，她走神了。

"再上几道？你喜欢什么？"马区长马上说。

"够了够了。"张碧波说。

"刘小飚那边你看怎么样？"马小勃的父亲说，"我知道张老师你特别关心刘小飚。"

张碧波的脸红了起来，说："这种事得让刘小飚的家长表态。"

"应该。"马小勃的父亲点点头。

"我去问一下。"张碧波说，"明天我就问一下。"

"学校收座位费也不是没道理，前后毕竟有区别嘛。"马小勃的父亲说。

"但是最好不要说座位费。"张碧波说，"校长再三强调不能这么说，不能说是座位费。"

"不能说，但可以做。"马小勃的父亲笑着说，"只是不知道他还能做多长时间。"

张碧波笑了一下，但她什么也没说。

"我倒觉得这样好，有条件就坐前边。"马小勃的父亲说，"现在是经济社会，文化从来都是在经济好的这边，经济永远是基础。"马小勃的父亲又说，要是马小勃再不好好儿学他准备给儿子转个学校，也许就去天津，那边的分数低，考学校容易些。马小勃的父亲说话的时候手在衣服口袋里又动了动。

吃完饭，马小勃的父亲一直把张碧波送到饭店门口，车才要开，马小勃的父亲又马上让车停下，他从车窗外把什么东西递给张碧波：

"看看看，差点儿忘了，这东西可稀罕。"

从饭店回到家，陈一正伏在桌上画什么。陈一头也没抬问张碧波鲍鱼吃得怎么样？是什么鲍？吃没吃鱼翅，不过饭店的鱼翅一般都是鲍汁烩粉条儿，真鱼翅一般是吃不上的。陈一还告诉张碧波真的鱼翅挑一丝放在桌上用手指搓是搓不断的，"如果是假鱼翅一搓就断。"

张碧波换了鞋，擦了一把脸，在煤气灶上坐了壶水。然后把马小勃父亲的朋友，晚上一起吃饭的虎园园长送人们的虎须拿过来让陈一看。

"每人一根，你猜是什么？"

陈一停止了描来描去："猪鬃？这老粗？"

张碧波告诉陈一这是虎须，是晚上一起吃饭的虎园园长送的，因为最近虎园又死了一头老虎，所以吃饭的时候每人得一根虎须，"据说剔牙最好，什么牙签也比不上，就是不知道是不是真的虎须。"

"这么粗，当然不会是鸡巴毛。"陈一笑着说，"虎须算什么？来根虎鞭还差不多。"

"你猜猜，马小勃的父亲请我去想做什么？"张碧波说。

陈一笑了起来，说："这可难猜，一个男人想做的事太多了，老虎×他都想日！"

"马小勃的父亲想再出一份儿座位费给刘小飚。"张碧波说。

"什么意思？"陈一说。

"他想让刘小飚和马小勃坐在一起。"张碧波说。

陈一看着张碧波："也算是件人事。"

张碧波给自己剥一颗话梅，坐下来："今晚去饭店就为这事。"

"学校在刘振亚手里算是完了。"陈一说，"但愿这一次他赶快完蛋，学校给他搞得像什么话，恐怕全世界都没听说有学校收座位费的事！"

"你先说刘小飚能不能和马小勃坐在一起。"张碧波说，"你别扯远了,到时候你把盘刻好就行,但一定要能听得出是刘振亚的声音。"

陈一忽然想起个故事:天下雨,富人打着伞,穷人没伞,富人说你过来吧,遮遮雨,穷人就过去凑到伞下,结果从伞上落下的雨水都浇在了穷人的身上。"你知道不知道,那富人就是那个姓马的,穷人就是刘小飚的菜爹菜妈!"

"刘振亚给你表哥买了个假发套。"陈一忽然笑了起来,"刘振亚也买了一个,你看吧,明天他就年轻了!"

8

"不行不行,上课的时候谁都不灵。"

又有两个报社记者被门房老安拦在了学校的门口。

刘校长接电话的时候其实早站在窗前朝下看了好一会儿了。想要从学校外边闯进来的记者是一男一女,女的身材很苗条,穿着一件胖鼓鼓很时髦的粉棉袄,男的是个小白脸,眼睛很大,头发理得很有形,这两个记者一直在跟门房老安争执着要进来。老安知道刘校长这时候肯定在办公室里,也知道刘校长肯定已经听到了门口这边的动静,而且,刘校长肯定还会在他的办公室里把门口的一切都看在眼里,所以门房老安表现得特别负责。周旋得差不多了,老安才给刘校长打了电话:"是两个记者。"

刘校长在电话里说:"让他们进来。"

两个记者终于从外边进来了,女记者一进来就说,"好家伙,比中南海都难进。"

刘校长坐着没动,笑着说:"学校安全第一,要是谁想进谁就进岂不是市场了,如果狮子老虎都想进岂不成了动物园了。"

"不过人也是动物。"女记者笑着说。

刘校长觉得这个女记者很面熟,想一想,还是想不起来。

"人当然是动物，不过学校可不是谁都可以进来乱逛的市场。"刘校长说。

"倒不像市场，有人反映杨树街小学现在倒是有几分像电影院。"那个女记者的脸上始终挂着笑。接下来就说要采访一下关于收座位费的事。

"你说什么？"刘校长笑着说，"什么座位费？"

"我想刘校长要比我们清楚。"女记者说。那男记者已经取出了笔记本。

"说话要负责的。"刘校长说，"而且还要证据，这是个重证据讲法治的社会。"

"据反映你们学校不但收学生的座位费，而且是明码标价，一排是一排的价，中间的价和两边的价还不一样。"女记者又开了口，她说话的时候身子一直朝前倾着，脸上挂着笑。刘校长忽然想起来了，他在"好一朵茉莉花"见过这个女的，而且还和她跳过舞。是煤检站的张经理介绍的，张经理除了热衷打乒乓球之外就是喜欢跳舞。张经理个子很高，长得样子很像新疆那边的人。朋友们总是开他的玩笑说他母亲是不是怀他的时候睡错了地方。

刘校长忽然笑了一下，站起来，说喝茶不喝茶："龙井？铁观音？还是陈博士？"

"这还差不多。"女记者说，"我们去的地方多了，就没有把记者拦在门外不让进的，校长你大概也知道记者证是什么？记者证就是最好的通行证，作用之一就是能进到一般人进不去的地方，包括一般人都进不去的监狱。"

"包括不包括'好一朵茉莉花'和其他娱乐场所？"刘校长笑笑，他甚至已经想起了这个女记者姓什么，就姓梅。

那个男记者掉过脸来看梅记者，目光里有一点点惊愕。

梅记者忽然笑了起来，大声笑着说："校长你说啥呢。"

"那就请喝茶吧。"刘校长笑着说,"在办公室也只能用这种纸杯了。"

那个男记者又看了一眼梅记者,也笑了一下。

"真渴了。"梅记者说,"在门口费了半天口舌,不是嚼了点西洋参含片也许都要坚持不下来了,现在当记者真是要有好嗓子。"梅记者说她随身都带着西洋参含片。

"那你可真阔气。"刘校长说,"像我们当教员的可吃不起。"

"为了工作。"梅记者说,"没别的法子。"

"先看看我们学校怎么样?"刘校长说,"不如就先看看?"

"看看就看看。"梅记者说记者的眼睛就是看来看去。

"是说来说去吧?"刘校长说。

"那是嘴。"梅记者说。

"也许还会跳来跳去?"刘校长开玩笑说。

"生命在于运动嘛。"梅记者说。

接下来,刘校长带梅记者和那个男记者从办公室里走了出来,阳光很好,甚至让人觉得有些热,刘校长先请两位记者参观了一下校园,然后是从东往西,再从西往东走了走,刘校长一边走一边把学校的扩建计划讲了讲,然后就走到了那三块大石头旁边。三块大石头中间的那块在闪闪发光,走到跟前才让人看清是用金粉写的几排名字。

"金光闪闪!"梅记者用手摸了一下金粉写的名字,再看看手,"我这手可贵重了。"

"还没太干,这是捐款的学生和家长的名字。"刘校长说,"最近社会上可能有些误会,说杨树街小学收座位费,其实哪有这回事。这话应该这样说,有些学生家长对学校做了贡献,我们学校也在一定程度上给学生提供一些方便,比如座位方面。"

"这些方便还有哪些内容?"梅记者笑着问。

"这是学校秘密。"刘校长也笑着说。

"包括座位的调整？"梅记者笑着说。

"你们最好是到班里看看。"刘校长对这种发问早就习惯了，笑笑，摸了一粒润喉片放嘴里，"一比就不一样了吧，你是西洋参，我是润喉片。"

然后，刘校长就把两位记者带到了张碧波当班主任的教室里，这一节课是历史课。刘校长带着记者一进来，历史教员张小庆就停了讲课，用目光询问刘校长是不是继续讲？张碧波自然也陪同着进来，她也弄不清楚刘校长的意思，也用目光问询刘校长是继续讲还是？刘校长抬起手，又马上放下，他总是想摸摸头发，虽然上边的头发已是今非昔比。

刘校长说："都是自己人，请记者随便问。"

梅记者选了坐在最前边的一个同学，这个同学恰恰是马小勃。她问马小勃怎么这样高的个子坐在了第一排。这提问让张碧波很担心，担心马小勃答不上来，虽然事先都早已教过了。想不到马小勃回答得十分好，马小勃说他是高度近视，只好坐第一排。

梅记者说："你怎么不戴眼镜？"

马小勃说："我戴的是博士伦。"

梅记者看看刘校长，接着问："你坐这个座是不是因为家长交了座位费？"

马小勃看了一下张碧波，说："我不知道他们在说什么。"

"座位费？"梅记者说。

"不知道。"马小勃说。

"你爸爸给你交过座位费没有？"梅记者又问。

马小勃还是说不知道，又说："没有吧，我们没听过座位费。"

梅记者又问了旁边几个学生，这几个坐在前边的学生异口同声说："不知道什么是座位费。"问到这个地步，是不能再往下问了。

"还去不去别的教室？"刘校长带着记者从教室里出来。

"杨树街小学还不都是刘校长的天下？工作又做得这么到位。"梅记者笑着说。梅记者说话很机智。

"中午在一起吃饭吧？螃蟹怎么样？"刘校长说，"今后大家就更熟了，我喜欢和新闻界的交朋友，每人两只，一公一母。"

梅记者说："螃蟹就不必了，倒是有一件比螃蟹大不了多少的事情要请刘校长帮忙。"

"慢点，这边还有一个台阶。"刘校长说，"有话到我办公室再说。"

在刘校长的办公室里坐定，梅记者重新把与她同行的男记者介绍了一下，男记者姓史，梅记者要请刘校长帮忙的事是想把史记者妹妹的孩子调一下班："如果方便的话，座位也请给一并考虑一下。"

"就在我们杨树街小学？"刘校长说。

史记者笑了笑："就在三一班。"

"你们还真有内线。"刘校长笑了一下。

"我们是有备而来。"梅记者说，"要不我们怎么会知道那么多。"

刘校长记下了史记者外甥女的名字，把班次也记了下来。

"让你妹妹过几天来找我。"刘校长说。

"还请刘校长多多帮忙。"史记者说。

刘校长说："都快十一点了，要不，我给你们刘社长打个电话一起吃饭？"刘校长掏出手机打起电话来，果真是打给报社刘社长，看样子刘校长和报社的刘社长关系很好。刘校长笑着对电话里的刘社长说："一公一母还不想吃？那要吃什么，把我吃了？"又笑着说，"报社的两个小兄弟在我这里，中午就一起吧，也算是吃工作餐。"

梅记者和史记者没留下来吃饭，因为报社刘社长正在下边县里忙春节晚会筹款的事，市里年年都要搞一台春节晚会，一入十月便开始忙，报社也乐得借此机会到下边活动活动，顺便把明年的报纸发行也向各县区先打个招呼，这个招呼就是吃饭喝酒顺便带一些土产回来。

"新教学楼竣工还要请你们来报道一下。"

刘校长把两个记者送到门口，下课铃这时响了起来。梅记者突然想起了一件事，站住，抬起头，一指，说："怎么学校楼上的窗台上和二楼的晒台上还放着花盆，掉下一个把学生砸了可是大麻烦。"梅记者调查过阳台上坠落花盆把人砸成植物人的事件，她忽然想起了这事，说："学校的窗台上和晒台上最好不要放花盆，碰掉一个砸了学生可不好。"刘校长忽然对梅记者有了某种好感，握手的时候说："我回头就叫他们把花盆马上都取了。"

"把人砸了可不比收座位费。"梅记者小声笑着对刘校长说。

"一！二！三！再握一下。"刘校长又伸出手。

送走报社记者，刘校长突然有了便意，他蹲在厕所里的时候有两个教员进来了，尿池那边马上"哗哗啦啦、哗哗啦啦"地响了起来。

"妈的，教龄加住房条件说什么我也够一百平方米了。"听声音是教美术的郜老师。

"带三四十个孩子在家里办班你还愁房子？最愁的是我。"是教体育的李铎。

"说来说去谁也没班主任肥，各种外快加在一起谁知道是个什么数。"郜老师说，"过年过节光学生家长送的水果都不知道要烂掉多少，鱼是整条整条往外扔，苦就苦了咱们带副课的。"

"所以说下一辈子再也不学体育，有鸡巴的用处。"李铎说整天吹口哨跑步一身臭汗，年纪轻轻晚上连上老婆的劲都没有，倒要老婆在上边干自己，自己还要在下边给老婆喊"加油加油！老婆加油"！

刘校长捂着嘴，还是忍不住笑出声来，把正在撒尿的邰老师和李铎吓了一跳。

"刘校长你最近可年轻多了。"李铎一下子就听出了是谁在里边。

"你戴个假发套也一样的效果。"刘校长在里边说，"就是不知道到了夏天是什么滋味，冬天就当它是顶帽子，怎么，你也来一顶戴戴？"

"新车的颜色不错。"邰老师忽然说起学校买的那辆新车，说，"黑的太沉，蓝的太跳，这种黑灰的颜色最好。"

"刘校长什么时候坐新车呀。"李铎说自己恨自己不是司机，要不天天和校长在一起也能加快进步。

9

张碧波决定去刘小飚家里看看。这时还不到晚上七点。

张碧波心里十分兴奋，局里安排干部的工作已经开始了，必须安排的女校长名额是三到五名。去刘小飚家之前她去了她表哥黄阔那里一趟，她表哥黄阔告诉她那事千万要小心，录音的事千万不能让任何人知道。座位收费的事是他刘校长自己找死，现在想抓典型还找不到呢，这事捅到正经地方他只有早早靠边休息，怨不得任何人。黄阔又告诉张碧波安排干部的工作下一步就是民意测评。"测评这一步最重要，票数上不来谁也帮不上忙。"黄阔说这事到时候他会对刘校长说："现在的问题是萝卜多坑儿少，要想安排，还得有位置，这就需要有人下来，但现在全市小学到岁数的校长只有两个，那两个都已经有人选了。""你的希望就在于刘校长的突然倒台上，以他的经验，这一次刘校长恐怕真要休息了，还不说他在俄罗斯嫖妓的事。最最重要的是你是民盟的人，这一次安排女校长明文规定一定要有一名民主党派人士。"黄阔十分兴奋地对张碧波说，"你入民盟还是入对了。"

　　杨树街的路灯已经亮了，这两天天黑得早。

　　张碧波的心情很兴奋，她忽然觉得刘校长有些可怜，倒好像他马上就要下了。

　　刘小飚的家，离张碧波家不远，出了张碧波家的院子，朝南下去就是。刘小飚的家就在菜市场旁边，是一条很细很短的胡同，胡同口是一间很小的粽子店，粽子店旁边是一家更小的理发店，再进去就是过去商业局的老职工澡堂。现在这个职工澡堂早不开了，男浴那边租给了温州人发海鲜，人们吃的鱿鱼海参什么的就是放在当年人们洗澡的大池子里加了火碱慢慢给发出来的，然后再批发上市。女浴租给了广灵人在里边生豆芽，豆芽也是放在池子里生，所以这条胡同的味道就特别难闻。那一对发鱿鱼海参的温州夫妇的小孩也在杨树街小学上学，才一年级，从来也不见家长接送，总是一个人在街上跑来跑去，也没出过什么事。刘小飚的家就在澡堂旁边。天冷了，澡堂门前刚刚卸下了两车煤，那一对温州夫妇正在码煤，把煤像垒墙一样垒起来。煤码起来后还要在上边洒一些白灰水，这样一来，如果有人偷煤就会一眼看出来。

　　刘小飚一个人在家，正在外间屋"咚咚咚"地切菜，看见张碧波，刘小飚好像吓了一跳，张着一双红红的手站在那里。张碧波看到了地上那两个很大的塑料洗衣盆，盆子里是切好的菜，五花六绿什么都有，胡萝卜、芹菜、青椒、圆白菜、苤蓝。

　　"切这么多？"张碧波问刘小飚。

　　"卖剩下的。"刘小飚说，"不切出来腌了就白扔了。"

　　张碧波想不到刘小飚会在家里干这种活儿："这些你都会做？"

"菜先在盆子里用盐杀一杀然后就放到屋里的那几口大缸里去。"刘小飚说。

"腌这么多能吃了?"张碧波看看那几口缸,屋子本不大,放了几口大缸就更显小。

刘小飚说腌好后就会有人来拉走:"我们家从来都不吃。"

"作业呢?"张碧波说,"你怎么不先写作业?"

刘小飚说:"作业早就写完了,每天回家用不了多长时间就写完了。"

"你爸你妈还没回来?"张碧波问刘小飚。

刘小飚说他爸和他妈要很晚才能回来:"摆在外边的菜都得一样一样收回来。"

张碧波心里突然有些伤感,这么小的孩子,这么早就干家务。屋里连个像样的桌子都没有。屋里既然没地方坐,刘小飚的父母又都没回来,张碧波不准备再等。从刘小飚家里出来,才走几步,刘小飚从屋里追了出来,像是有什么话,但又不说,眼镜片在暗处一闪一闪。

张碧波问了几句,刘小飚还是不说。

"有什么话还不跟老师说?"张碧波严厉起来。

刘小飚这才把话说了出来:"我们家没有钱,我就坐在最后面吧。"

"谁说让你坐最后?"张碧波说。

刘小飚不说话,一张小脸通红。

"谁说的?"张碧波又说。

刘小飚不再说话。

"你是不是每天都要切菜腌菜?"张碧波问刘小飚。

"剩菜卖不出去就得腌。"刘小飚说,"小本买卖根本赔不起。"

"你真会腌菜?"张碧波问刘小飚。

"会。"刘小飚说他还会做辣椒酱，其实辣椒酱就是烂西红柿酱。

"你知道放多少盐？"张碧波看着刘小飚，没问辣椒酱的事。

"知道，这一回放多了下一回就少放点，好说。"刘小飚说话完全是大人的口吻。

"你总做这活儿？"张碧波说。

"我爸我妈太忙。"刘小飚说。

张碧波想说句什么，但没说，她用手摸摸刘小飚的头。

"我不想坐在前边。"刘小飚突然说，大声说。

"没关系，好好学习。"张碧波此刻的心里充满了怜爱。

"我不坐——"刘小飚又说。

张碧波回头看看，刘小飚还站在那里，她拿出手机给在报社上班的朱银琴打起电话来，电话通了，只响了两声，张碧波又把它按了。报社每年都要出一期学生作文版，但一般都是六月，教育局规定，凡是在报纸上发表文章的学生，到考中学的时候就可以加分。其实刘小飚不需要加分，他每次考试的成绩在班里不是第一就是第二。但张碧波还是想帮刘小飚在报纸上发表一篇作文。张碧波还是把电话拨通了，朱银琴说现在报纸又新增了教育版面，学生的作文如果写得好可以拿过来。

张碧波回头看看，刘小飚还站在那里。

"张老师，我不要坐前头——"刘小飚突然拖长声音又喊了一声，朝这边跑了过来。

"怎么回事？"张碧波问刘小飚，她发现刘小飚眼泪汪汪的，出什么事了？

"我不坐。"刘小飚说。

"是不是马小勃对你说了什么？"

刘小飚什么也不说，看着张碧波，老半天才摇了摇头。

"是不是马小勃说什么了？"张碧波又问。

刘小飚又摇了摇头。

张碧波不再问,其实心里已经明白了,心里突然有几分怪怨马小勃的父亲。

这天晚上,已经快九点了,外边有人敲门,张碧波在批改作业,心思却完全不在学生的作业上。

陈一穿了鞋子去开门,是刘小飚的菜爸菜妈,虽然已经是九点了,但他俩都还没吃饭,甚至连手都没洗。他们一听儿子说张老师来过了就马上赶了过来。已经快九点了,这一对菜爸菜妈还没吃饭,他们都有些紧张,不知道出了什么事。已经很晚了,人家又还没有吃饭,张碧波就把话直说了,说马小勃的父亲愿意出座位费让刘小飚和马小勃坐在一起。

"就是不知道你们觉得怎么样?"

刘小飚的父母好像一下子没有听懂张碧波在说什么。

张碧波把马小勃的父亲想要出座位费让刘小飚和马小勃坐在一起的话又说了一遍。

"小飚还去马小勃家玩过。"刘小飚的母亲马上就兴奋了起来。

"是马小勃的父亲自己提出来的。"张碧波说,"如果情况没有什么大的转变的话,让刘小飚和马小勃在一起也不错,不过也许这种情况不会太久。"

刘小飚的母亲和父亲不知道张老师的话是什么意思?什么不会太久?他们当然不知道张碧波用手机录音的事,更不知道市里要安排女校长的事。

"要让我们小飚和马小勃坐在一起。"刘小飚的母亲又对张碧波说了一次。

"也没有别的意思,就是想让刘小飚在学习上带一带。"张碧波走了神。

"他给出座位费?"刘小飚的母亲说。

"对。"张碧波说。

"座位费他给出?"刘小飚的母亲又重复了一下。

"没错。"张碧波说。

"他要给小飚出座位费?"刘小飚的父亲也问了一句。

"你们看怎么样?"张碧波说是第一排。

"那不合适吧?"刘小飚的国字脸父亲说,"我的儿子倒让人家出钱。"

张碧波说:"那点座位费对他来说没什么,是互相帮助。"

"这样做有点不合适吧。"刘小飚的国字脸父亲又说,不知他在想什么。

"你们两个什么意见?"张碧波说,"马小勃的父亲这么做也是为了让孩子学习上进。"

碰上这种事,刘小飚的父亲和母亲自然高兴,脸上即刻放出光来。

"我们听张老师的。"刘小飚的母亲说,"我倒可以时不时帮他收拾收拾家。"

"那倒不用。"张碧波说,"刘小飚如果在学习上能帮马小勃比什么都强。"

刘小飚的国字脸父亲看着张碧波,忽然嗫嚅起来:"我们这样的家庭,小飚坐那样的座位,就怕谁也不会相信,到时候还不是给张老师你出难题。"

"学校也真是!"陈一忽然在一旁插进话来,"早几年就没有这种怪事,听都没听说过收座位费,这是乱收费!和中央对着干。"

"什么都在涨价。"刘小飚的母亲忽然说,"菜也怕卖不下去了,价太高,一斤西红柿一块五,青椒是两块,豆腐又涨了五毛,是一块五了……"

"你们想得也太多了,只要为了孩子好,别想那么多。"陈一又插进话来,"这个社会就是让人不能多想,想多了生气,生了病还得往医院里送钱,别想,快回家吃饭吧。"

张碧波说:"时间可真是不早了,快回家吃饭吧,回去做熟了都几点了。"

"小飚在家里可能把饭做熟了。"刘小飚的母亲说,"家里的饭差不多都是小飚做。"

张碧波吃了一惊,她想不到刘小飚还会在家里做饭。

刘小飚的父亲忽然把背在后边的手拿到前边来,他的手里是一个金黄的倭瓜。

"好家伙,颜色真亮。"陈一忙把它接过来。

"那你们就快回吧,还没吃饭呢。"张碧波去阳台上把灯开了,给刘小飚的父亲和母亲照着点儿亮,要他们慢走。

刘小飚的父亲在外边"哗啦哗啦"开了好一阵子车锁,终于开了。

"让孩子星期六日看看电影去。"陈一在阳台上忽然对外边说。

"不给张老师陈老师找麻烦了。"刘小飚的母亲说。

"星期天去吧,让孩子看看电影。"陈一说,"什么麻烦不麻烦,不过是看个电影。"

刘小飚的父亲和母亲一边答应着一边走远了。

张碧波把阳台上的灯又关了,对陈一说:"想不到刘小飚还会做饭,我要是当了校长一定要保送他上重点学校,我要是当了校长学生的早餐一定免费。"

"你的嘴最好牢一点。这种话可说不得,对谁都说不得。"陈一说,"星期二到黄谷看冰灯你也最好别去,虽说只在那里过一夜,但你这人有说梦话的毛病,越有事越说得厉害,你想想,你昨天晚上就在梦里不知和谁说什么录音不录音的事,还说牛丽梅生孩子的事？"

"谁是牛丽梅？"陈一问。

"我也不知道谁是牛丽梅，"张碧波说，"这可怪死了，谁叫牛丽梅？"

陈一笑了一下，说："这个名字可真够俗气，把梅花和牛放在一起。"

张碧波忽然想起来了，拍了一下手，牛丽梅是学生家长的亲戚，开发廊的，张碧波经常去她那里做头发。

10

学校快放假了。学生一考过试，照理说老师们就该轻闲了，但这只是一般外界的看法，其实学校里这几天会更忙。许多事情都要放到这几天去做。刘校长这几天是忙得团团转，学校年底考核的事是走个过场，倒不是个什么事，扩建的事好像忽然又有了问题。新来的市长一到任想做的第一件事就是要把城墙重新修起来，挨城墙近的建筑都要一律拆除。这件事弄得人们人心惶惶，但人们又不太相信，靠城墙近的小区一共有二十八个，大家算了算，恐怕别说这个新市长，就是国家领导也怕一下子花不起这个钱，但有人说修复城墙的大城砖都已经开始烧了，一块大城砖的造价是十元钱。既然说得这样具体，人们的心里就更加慌乱起来。刘校长跑了几次规划局，那边的答复是先过了年再说，看看新来的市长这三把火能烧多长时间。人们只知道刘校长跑规划局，但很少有人知道刘校长的其他行踪。这一阵子，刘校长接连被叫到黄阔那里好多次，但纪检书记黄阔和他谈什么却没人知道。这事只有刘校长自己知道，黄阔神情冷峻地请他听了两盘录音，这两盘录音让刘校长听出一身汗来。他想不出是谁录的音，又是谁把录音交到了纪检书记黄阔的手里，但他能听出来其中有一盘录音里边有张碧波的声音,张碧波不知道是在和什么人交谈。一口一个座位费,刘校长听了出来,张碧波的班上,肯定是有一个学生的家长出了两份儿座位费,而且其中有一份儿是出给那个叫刘小飚的。这种事,刘校长知道最好的办法是不声张,最好是一点点都不透露,所以,他在面儿上一点点也没有表示,就好像是什么事都没发生一样。

刘校长对学校的教员们说:"手头的事先搁一搁,咱们先去黄谷看看冰灯!"

去黄谷看冰灯只安排了两天,星期六星期日两天一夜。上午看冰灯,下午滑雪,第二天,上午是洗温泉,晚上是看二人转。刘校长不知怎么最近忽然对教员们百般地好了起来,居然宣布了一个令人惊喜的决定,那就是教员们这次出去都可以带家属,男的可以带女的,女的可以带男的,这是以前从来都没有过的事。刘校长还说:"两个人一间房,也可以各自为自己家属服务服务。"为家属服务还用去那地方?应该是为别人服务!体育老师李铎开玩笑说:"我们应该是为人民服务,为女人民服务!"邰老师在一边也嘻嘻哈哈笑着说:"刘校长还说各自,这种事还有不各自的?我们从结婚那天就开始各自为各自服务到现在,想给别人服务只能等到下辈子。"

张碧波原先不打算去,她计划在别人去黄谷的时候把家里粉刷一下,另外,她想趁此机会请一下局干部科的那些干事。她已经和学生家长说好了,让他们过来帮着把房子刷一下,张碧波年年粉刷家都是学生家长的事。张碧波对陈一说最近那件事要是定下来的话,过年的时候家里一定来的人多,所以她这回打算把家里的颜色彻底改变一下,刷成蛋黄色的,要让人一进来就感觉到特别的温馨和富丽。可现在她的主意变了,她想自己应该和同事们多在一起待待,多说说笑笑。这种工作是一定要做的,需要的话,她还准备把学校的人也请一请,先把和自己一个教研室的请一下，然后再慢慢扩大一下，把教务处的和后勤的也请一下。

"既然可以带家属，咱们也不要浪费这次机会。"张碧波笑着对陈一说，"刷房的事往后推，离过年还早着呢，咱们这次都去，谁让你是我的家属？这也是一个机会，到黄谷你多帮着我和那些男老师联络一下感情，多喝几杯。"

"我当然是你的家属，这有什么好笑？"陈一说不过这话只许你现在说，要是你的事办成了可不许再说，你当女校长，我是你的家属，我是个屁！让我的朋友听了还不笑话我？"

"笑话什么？我要是当了教育局局长你岂不是更好？"张碧波说。

"好家伙，你都想到下一步了！"陈一说，"女人的想象也真够丰富，像跳棋一样。"

"也许，从黄谷回来就要进行民意测评了。"张碧波说，"这事很快。"

"那刘振亚刚买的小汽车岂不是给你做了件好事？"陈一说。

张碧波说那车她怎么没有看到？是什么颜色？在什么地方放着？

陈一说："车刚刚接回来还不装饰一下，也许正放在什么地方装饰，到时候你正好坐，你等着坐车就行了。"

"最好装饰得慢一点，让他一天也别坐。"

张碧波说："刘振亚头上都是头皮，讨厌死人！虽然戴了个假发套！"

要说忙，学校里的教员可以说是一年四季都在忙，平时难得一休息。这次去黄谷，大家玩得都十分开心，滑雪和游泳是可以让一个人沉睡已久的童心得以焕发的运动。对黄谷方面来说，这正是一个淡季，因为快要过年了，人们都在忙，各单位也在忙，到黄谷来玩的人就少，所以黄谷的接待工作做得十分周到。黄谷的老总也是学生家长，他一连亲自陪了两天。吃饭的时候，刘校长被推坐在主座之上，他居然也不推辞，而且举止极其大方利落。刘校长酒量极好，这一次他还例外地给每一个教员和家属敬酒，这是从来都没有过的事。吃饭的时候，坐在张碧波旁边的李铎对张碧波说："刘校长在这方面可真是比以前的老校长好，如果再换另一个校长也未必能把家长的关系用得这么好，用得这样到位，这也是本事，还不说他有这么好的酒量，不得不让人佩服。"李铎这么说，张碧波的心就怦怦跳起来，恰这时她的手机响了。

电话是表哥黄阔打过来的。张碧波忙出去接电话。

黄阔说："就怕刘振亚这回真要软了，但是有一件事让人想不到。"黄阔在电话里说："你猜猜？"张碧波当然猜不出，她现在是有事就往好处想，她想自己是不是被当作校长苗子了？"表哥我怎么猜得出？"张碧波说，"是不是女校长定了，肯定不会有我是不是？"黄阔在电话里说他要说的不是这个。

"那是什么事？"张碧波就更想不到了。

"有人也寄来了一盘录音来反映刘振亚收学生座位费的事。"黄阔说，"你想不到吧。"

张碧波当然想不到，学校里除了自己谁还会搞录音？她很快把学校里的教员都想了一遍，她想不出是谁。李铎大大咧咧地不太像，邰老师也不怎么像。黄阔要她别再想，黄阔说："这个人肯定是学生家长，而且录音里边有一个声音就是你的声音，肯定是你的声音。你在录音里和那个人说座位费的事。"黄阔这么一说张碧波马上就明白了，是马小勃父亲搞的！怪不得他那天把手放进衣服口袋里弄来弄去，想不到他也在录音。张碧波在这头不说话，黄阔在那边又说了："这简直就是投鼠忌器，有你的声音在里头，是很容易被人听出来的，这种事不是小事，到时候第一个就要找到你的头上取证。"

黄阔的意思是，容他好好考虑考虑，别弄出什么事情才好。

"会不会影响到……"张碧波说。

"你的事我看问题不大，首先你占个民盟，大不了你到时候调个学校，到别处去当校长。"黄阔说。

张碧波就听出了话外之音："是不是这一回刘振亚没事了？"

"也不能这么说。"黄阔说，"收取座位费的事太恶劣，虽然恶劣，但是……"但是什么呢？黄阔在电话里停了一下，又说，"但是现在谁不怕网络。"

黄阔再说下去，张碧波吃了一惊。黄阔说："这事要是一旦上了网刘振亚肯定是完了，但跟着倒霉的到时候肯定不是他一个人，人家到时候会问教育局上上下下难道都是吃狗屎的？"黄阔忽然在电话里笑了起来，说："你和那个人的录音还是有用的，有很大的用处，那就是可以把一个人的鼻子牵住。"黄阔停了一下，他差点儿没说走了嘴，差点儿没说表妹你那盘录音和另外那个人的录音对别人倒无所谓，对他，却是已经起到了很大的作用，要不是那盘录音，自己还不是继续坐那辆破桑塔纳？

"等着吧，那事也许马上就要下来了。"黄阔对表妹张碧波说，"我想你应该没问题，你就准备当你的女校长吧。"

11

小学校的校长人事安排很快就下来了，但是没有张碧波，张碧波是空兴奋了一场。这样的文件，按理说可以不必在学校里宣布，起码杨树街小学没这个必要，但是刘校长还是召集了会议，在说别的事情的时候顺便也把这个文件宣布了一下。宣布这个文件的时候，刘校长忽然神情冷峻地要求人们把手机都关掉，说以后开会大家都要把手机关掉！不但这么说，让人们觉得好笑的是刘校长居然还亲自检查了一下，挨个儿检查人们的手机都关掉没有。人们说是不是要发内部奖金？而且数额巨大？要不会搞成这样？神神秘秘？太夸张了吧？张碧波的脸忽然红了起来，而且是越来越红。

张碧波忽然站起来，说她要去一下厕所，拎起提包从会议室走了出去。

刘校长拍拍手说大家都坐好了："占不了大家多少时间。"其实，刘校长就是不说教员们也都清楚他又要说什么事，杨树街学校现在只剩下一件大事，那就是学校不能再扩建的事，原来的扩建计划现在已成泡影，向教员们集资的钱要再发还教员，还要把利息加上。教员们在下边算了算，那笔座位费也收了不少，但教员们都不知道这笔钱的去向，有人说刘校长拿这笔钱买了小车，但刘校长的小车呢？学校里的教员们奇怪刘校长怎么还没有坐他的新车？那新车想必早已经装饰好了。

张碧波和她的爱人陈一知道刘校长的新车去了什么地方。

不少人也看到黄阔开着一辆新车满街跑，那车的颜色很好，是黑灰色的，既不是那么黑，也不是那么灰。

驴肉球

1

王嫂真是走运,杀那头叫驴的时候,谁也没想到会有运气降临到王嫂的头上。

王嫂最早是雇人杀牛,后来她在县城里租了房子,说城里也不对,是靠近城里的地方。那房子就在城墙下,院子很大,一进院子左手是一间小房,里边放乱七八糟的东西。往里走是三间破破烂烂的正房,王嫂就和王连民住中间那间。儿子出外打工有五年多了,而且还想着要出国打工,所以除了过年很少有时间回来。王连民病了两年,现在是什么活儿都不能做,只能隔着窗子看别人做这做那,只能看自己女人忙进来忙出去,只能闭着眼想象自己一次次去苏州和杭州旅游。王嫂进城后就不再雇人杀牛而是改了杀驴,城里人现在好像忽然都喜欢上了吃驴肉,再说杀牛的时候牛总是哭,让王嫂心里越来越怕,所以王嫂现在改杀驴了。离王嫂家不远的地方,就在美力宾馆旁边就有一家驴肉烧饼铺,离美力宾馆不远的五中那块儿还有一家。除了这两家驴肉烧饼铺天天要向王嫂定驴肉外,还有好几家饭店也天天向王嫂定驴肉。那些牲口贩子,都是王连民家的老主顾,会定期给王嫂送注定要去另一个世界里去旅行的牲口。那头驴,说来也没什么特殊处，只是老了，太老了。牲口老了的结果就是难免挨一刀。那头驴让牲口贩子刘明学牵了来，由于长年干活儿，驴身上有的地方连毛都没了，肩胛那地方，驴大腿靠胯那地方，驴脖子那地方，都没毛了。王嫂看着它可怜，还给它抖了些黑豆，这头老叫驴像是有心思，嘴慢慢慢慢地嚼，眼睛却不知道在斜视什么。等到这头老叫驴给俊生放倒剥皮开膛的时候，旁边的人都吃惊地叫起来，一个圆滚滚的什么东西，像个足球，一下子，从热气腾腾的驴肚子里滚了出来。天刚刚下了点儿小雪，那东西在雪地上简直是黑乎乎的，好像还在跳，还在冒气，有人以为是驴心，在旁边叫了起来：

"驴心蹦出来啦？好大的驴心！"

"什么鸡巴眼！看好了再说！"俊生说。

人们都看清楚了，那不是驴心，但人们不知道那是什么东西。

"保不准，王嫂你这回要发了！"

俊生慢慢蹲下来，伸出手指触触这个圆滚滚的肉球，说这也许是个正经东西，说自己杀了无数牲口，见过牛黄也见过狗宝，就是还没见过驴肚子里滚出这么个玩意儿。俊生用手指按按那个肉球，那肉球发出"咯吱咯吱"的声音。

俊生抬起头来："要不，切开？咱们看看里边是什么东西？"

这时候，王连民在屋里急着"砰砰砰砰"敲玻璃，他要自己女人马上把那东西抱进屋里，说："哪还敢切，切了也许就坏了，不能切！"

王嫂取了个塑料盆子，肉球的味道可真冲，腥了吧唧地让王嫂一阵一阵想作呕。王嫂把大肉球用盆端进家，放在了炕上。

"好家伙！"王连民也被那大肉球吓了一跳，说，"驴身上怎么会长出这种东西？"

"开膛的时候它自个儿就蹦出来了。"王嫂说，"会不会是个胎?"

"那是头叫驴。"俊生在后边跟了进来,说,"叫驴就他妈一根鞭!"

"牛黄是啥样?"王连民说,"这会不会是驴黄?"

"牛黄哪有这么大,要这么大牛黄那可发了!"俊生说,"这么一大块儿牛黄要比这么一大块金子都值钱,"俊生说他只听过牛黄,没听过驴黄。

"会是个啥呢?"王嫂说,"这玩意好像是在驴肚里谁跟谁都不挨,一下子就滚了出来。"

"可不是,它在驴肚子里边跟谁都不挨。心啊肝啊什么的你想把它摘出来还得用刀子分来分去,这家伙可好,自己做主一滚就出来了。"俊生说,"这真是个怪事。"

"它在驴肚里跟谁都不挨?"王连民说。

"要连着还得用刀分它,它自个儿就滚出来了。"俊生说。

"这到底是个啥东西?"王嫂说,"味儿可不怎么好闻,是不是比鱼都腥?"

"反正不是个胎。"俊生说,"这大肉球也许剁巴剁巴能包饺子。"

"我看像是肉。"王连民说。

"当然是肉,连骨头都没有,纯肉。"俊生说,"这下子一正月的饺子馅儿都够了。"

"不会是个癌吧,驴长癌了?"王连民又用手指触触大肉球,对王嫂说。

"不是吧?"王嫂说。

这天晚上,王连民和王嫂睡得很晚,从驴肚里滚出来的那个大肉球让他们兴奋得不得了,屋子里,那股子血腥气越来越浓,到后来,王嫂不得不把它放在了外边,用一个大黑塑料袋子把这个肉球挂在了拴牲口的柱子上。外边下着雪,城墙上白花花的,天是暗红的。

"千万挂好了。"王连民说,"可别让老赵的猫叨了去。"

"你放心,已经挂好了。"王嫂说。

"我想我应该吃了它。"王连民对自己女人说。

"你吃什么不好,家里还有块儿驴板肠。"王嫂说。

"我吃了它,也许我的病就能好了呢?"王连民说。

"要是吃坏了呢?"王嫂说,"你怎么只往好处想,一下子吃完蛋了呢?我给你儿子再从哪儿找你这么个爹!爹可是个好东西,爹是花钱买不来的好东西!"

"爹?他妈的!我觉得这肉球才是个好东西,谁跟谁都不挨,自己一下子滚出来,这是个宝贝,老天送给我的宝贝。"王连民说。

"但愿它是个好东西。"王嫂说,"我看它像是个好东西。"

这天夜里因为外边下着雪,远远近近一片宁静,只有檐头上的积雪时不时往下掉的时候发出"噗"的一声,"噗"的一声,又"噗"的一声。王连民和他女人不知道什么时候才睡着。天就这么慢慢亮了,隔壁做豆腐脑的老赵起来了,去挑水了,不停地咳嗽着,桶"吱呀吱呀"叫着,还有就是脚踩在雪上的"咯吱咯吱"声。

"雪下得肯定不浅。"王连民醒来了。和每天醒来时的感觉一样,他觉得浑身都在疼。他捶捶自己的腰,这边,那边,那边,这边,一边捶一边小声说:"雪肯定有半尺深。"王连民估计自己女人这时也已经醒了,他摸摸那边,想不到那边被窝早空了。王嫂早已经出去了,到院子里去看那个肉球,那肉球有些上冻了,有些硬,用手指按上去"咯吱、咯吱"响,感觉里边是沙沙的,像是放了不少细沙子在里边。她怕它给冻坏了,她要把它摘下来拿进屋。

"别往下摘它,也许有人知道那是个啥东西。"王连民隔着窗在屋里说话了,说,"多让人们看看,多让人们看看有好处,不让人们看咱们也许一辈子也不知道它是个啥怪东西。"

"冻不坏吧?"王嫂在外边说,"挂在外边可别让它冻坏了。"

"肉这种东西只有捂坏的,你多会儿听说还有冻坏的?"王连民在屋里说,"要坏就让它坏在我肚里好了,我迟早要吃了它,我看到它第一眼就想吃它了,我迟早要吃了它,要不就把它切开看看到底是啥东西,是不是一块大肥肉?"

"你天天有驴板肠吃你该知足了。"王嫂跺着脚从外边进来了,说,"一头驴身上也就那么一副驴板肠,多金贵的东西,要不,你吃颗药再睡会儿,今天收驴皮的说好要来。"

"不睡了,外边雪下得不浅吧?"王连民说,"路不好走,收驴皮的也许不会来了。"

"驴皮又涨价了。"王嫂说,"现在有不少人拿马皮当驴皮卖。"

上午九点多的时候,收驴皮的没来,俊生却顶着雪兴冲冲地来了。俊生进了屋,把狗皮领子放下来,上边的雪已经化成了点点水珠儿,他又把皮帽子摘下来,把上边的雪打了打。王连民和王嫂都看着俊生,他们觉着俊生和往常不一样,像是有什么好事。但愿那好事与那个大肉球有关。王连民不敢问,他看着俊生。

"有好事了!"俊生果然说。

"什么好事?"王连民说,"俊生你说说有什么好事。"

"我打听清了。"俊生一脸的神神秘秘,他说他已经打听清了。

"打听清什么?"王连民明知故问。

"你和嫂子的好事!"俊生说。

"我和你嫂子天天都在等好事,可好事就是不来。"王连民说。

"你猜那大肉球是啥东西。"俊生说。

"啥东西?"王连民问。

"你猜?"俊生说。

"我他妈咋能猜得出。"王连民说,"俊生你别卖关子了,你快说。"

"那肉球要比牛黄还贵,比狗宝还贵。"俊生小声说。

"什么东西还能比过牛黄?"王嫂吃了一惊,马上不灌水了,把水壶放到一边去。过去宰牛的时候,她一直都巴望能碰到牛黄,有一次她在一头牛的肝儿里发现了一些黄黄的硬块儿,她可高兴坏了,后来一打听,她又失望了,那些黄黄的硬块儿只不过是牛肚子里最最常见的结石。

"是驴沙,驴沙可比牛黄少见得多!"俊生小声说。

"驴沙,驴——沙?"王嫂说她没听说过。

"嫂子你们这下子要发了,那东西就是驴沙!"俊生小声说,朝外看看,"那东西怎么能挂在外边,快把它收起来,把院子门关好,从今天开始什么也别干了,也别让人们乱进来,那可是值钱的正经东西。"

王连民朝外看了看,说,"驴沙是治什么病的?保不准就是治我这病的,我先切他妈一块儿吃吃看,这可是老天送给我的礼物!"

"可千万别乱动,那是个正经东西,一千头驴里边也出不了一个!"俊生伸出一个指头,"也许一万头驴里边都出不了一个!一万头!"

"你说这东西叫什么?——'驴沙'?"王连民说。

"对,'驴沙'。"俊生说。

"哪个'沙'?"王连民说。

"管它是哪个沙?反正要比金沙都贵——!"俊生说,"恐怕花两三万块钱在市上都不可能买到这种东西。"

"两三万?你说两三万?你说两三万在市上都买不到?"王连民大吃了一惊,"这么说我能去苏州和杭州看看了?上有天堂下有苏杭,有钱可是个好事!有钱你就可以去你想去的地方,钱是个让人高兴的东西,钱他妈比爹妈都亲。"

"弄好了,连给你儿子娶媳妇的钱都有了。"俊生说,想想,又小声说,"弄不好,也许会出大事!"

"你什么意思?"王连民问俊生。

"什么意思还用我说?就看你们的福气伏住伏不住。"俊生说,"小心别人打它的主意,它可太珍贵了,是宝贝中的宝贝,这下可了不得啦。"

"想不到还真是个宝贝。"王连民看着王嫂。

"我一眼就看出是个宝贝!"王嫂说,"那头老驴也许就是咱们家的财神,杀驴那天,灶火里的火比哪天都旺,财神来了。"

"快把它取进来!"王连民说,"可不能再挂在外边了。"

"取进来咱们再好好儿看看。"俊生也说。

2

风声不知道是怎么传出去的,这天中午,有两个年轻人"咯吱咯吱"踩着雪顺着小胡同找到了王嫂家。小胡同里的雪可真深,一脚下去一个洞,一脚下去又一个洞。听见敲门声,王嫂和王连民就吓了一跳,他们两口子正在研究那个大肉球。外边一敲门,他们就赶紧把那大肉球收了起来。这两个年轻人一个矮一点,一个高一点,矮一点的那个嘴瘪瘪的,笑起来挺好看,高一点的那个眼睛总是笑眯眯的不怎么爱说话,总是在抽烟。这两个年轻人开门见山地说他们是报社记者，他们来是想看看从驴肚子里滚出来的那个大肉球。

"听说一下子从驴肚里滚出那么个大家伙？"

"是啊——"王嫂说。

"听说是千年难遇！"

"是啊——"

"听说比牛黄都贵重？"

"——"王嫂不知道该怎么说了。

王嫂一开始是跟他们站在院子里说话，院子里的雪晃得人睁不开眼。王嫂拿不准给不给他们看那个从驴肚里滚出来的肉球，她拿不准这两个年轻人到底是不是记者。"要真是记者呢？"王连民说，"要真是记者那可是好事，人家可以把这个肉球宣传出去，比如拍个照片登在报上。"王嫂要王连民拿个主意，要是假记者呢？是让他们进来还是不让他们进来？王连民说："他们装假不装假又拿不走咱们的驴沙，他们要拍照片就让他们拍，这事知道的人越多越好，只要你把肉球放好，放在谁也不知道的地方，让谁也找不到它。"

"那就让他们进来？"王嫂说。

"进来进来。"王连民说。

"进来吧，进来吧。"王嫂把那两个年轻人让到了屋里。

这两个年轻人在屋外"砰砰砰"跺了好一阵鞋上的雪。

王嫂把那两个记者让进屋里的真实想法是不想让这两个年轻记者知道驴沙在什么地方放着。她对这两个年轻记者说你们在家里等等，我去取那个肉球回来，"肉球不在家，在别处放着。"王嫂特别强调了这一点。王嫂还真把头巾围好出去了一趟，不过不是去找肉球，而是去找俊生。她对俊生说："有人来家里了，差不多的时候你就过去一下，我也拿不准他们是好人坏人，要是坏人我怕王连民一个人对付不了。"王嫂从俊生那里拿了一个空塑料袋子,又往空塑料袋子里塞了一个去年秋天的圆白菜,猛地一看,就好像里边放了个大肉球。王嫂从外边回来的时候先去了一下一进院子左手的那间小房,那个肉球在小房里的一个缸里放着,上边还压着张烂的牛皮。她一颗心"怦怦"乱跳,她把肉球拿了出来,肉球冰凉冰凉的,这让她心里很不安。她把肉球放在了塑料袋子里边,顺手又从地上抄了一铲子煤块儿。

"取回来了,取回来了。"

王嫂跺跺脚从外边进来了,她先把煤块儿加在炉子里。

"我顺手从小南房取铲子煤,你待会儿就不用再出去了。"

王嫂这话其实是对这两个记者说的,让他们相信她顺便去小南房只不过是去取了一铲煤块儿,让他们相信那个大肉球真是在外边放着。

"这东西怎么叫'驴沙'?"

矮一点的记者看着王嫂一层一层地往开解那个塑料袋子,说自己当记者这么多年来是第一次听说"驴沙"这个名词,这可太新鲜了,这种新鲜事现在可不多。

"这东西多见不多见?"矮一点的记者问王连民。

"多见就是工地的黄沙了。"王连民说。

王嫂把最后一层塑料袋子解开了,那肉球的腥气猛地冲了出来,然后才慢慢在屋子里弥漫开。总是眯着眼的记者这时也凑过来,用手指小心翼翼触了触这个肉球,还把手指放在矮个子记者鼻子下让他闻了闻。

"真腥!"

"还不就是个血团子?"矮个子记者说。

"这是驴沙!"王连民有点儿不高兴了。

"想不到驴沙是这样?"矮个子记者对总是眯着眼的记者说。

总是眯着眼的记者说他以前也没听过有这种东西,他也以为是一堆沙子样的东西,不过在想象中是金光闪闪的,即使不是金光闪闪也会银光闪闪。

"想不到原来是个大肉球！"总是眯着眼的记者说。

矮个子记者把手凑近那个大肉团的时候王连民一直看着他，王连民很怕这个记者从口袋里猛然掏出把小刀来，然后再在肉球上割一下子。所以王连民有些紧张。总是眯着眼的记者伸出手指触肉球的时候也引起了王连民好一阵子的紧张。自从俊生告诉他驴沙要比牛黄都金贵之后，王连民的心里一直紧张着，大白天躺在那里甚至都睡不着觉，总觉着南边的那个小房里有动静，这让王嫂很担心，这才仅仅一两天，要是时间长了，王嫂担心王连民会把身体搞得更坏。那个矮个子记者准备拍照的时候王连民心里就更紧张了，因为矮个子记者提出了一个要求，那就是为了拍的照片更好看一些，还要求把肉球放在案板上，他要求把塑料袋子都取开。王嫂把塑料袋子都取开后这个矮个子记者又说这间屋的光线太暗，虽然开了灯，但光线还是太暗。

"外边光线好，可不可以放到外边去拍？"

"不行！"王连民大声说，突然有些气喘吁吁。

"外边光线好，屋里太暗。"矮个子记者又说。

"不行。"王连民又说，"说不行就不行，这东西怕见光。"

矮个子记者好像被王连民吓了一跳，就不再提去院子拍照的话，但他提出来要王连民和王嫂每人手里给拿一张白纸板，好给这个肉球增一点点光线。王连民想不到记者的提包里居然还会有白纸板，左一拉右一拉白纸板就变大了。这么一来，王连民的疑心就更大了，他盯着那个总是眯着眼的记者，王连民的眼神传达了一个意思：他怎么不拿白纸板？矮个子记者马上看出了王连民的意思，他笑了笑，说："小李还要打灯呢"。

"他姓李。我姓王。"矮个子记者又对王连民说。

好在什么事都没有发生，两个年轻记者拍完照片就走了。他们甚至好像有些失望，他们的期望值太高了，他们希望看到金光闪闪的东西，或者是什么奇离古怪会发出响声的东西，他们想不到看到的只是一个腥乎乎的大肉球。但让他们吃惊的是这个肉球真大，他们问了王嫂一句话，问这个大肉球有多重。这可把王嫂给问住了。

"不知道也没关系。"矮个子记者说。

"我看就写八九斤吧。"总是眯着眼的记者说，"这家伙我看够。"

"八九斤的大肉球也不算小了。"矮个子记者说。

记者前脚一走，王嫂就马上给这个大肉球秤分量。王连民家的院子里放着一台台秤，王嫂把台秤上的雪扫了扫。

"好家伙，你猜猜。"王嫂在外边小声对屋里说。

王连民隔窗子伸出了一只手。

"比这重。"王嫂小声说。

王连民又伸出了一只手，是两只手。

"比这还重。"王嫂又小声说。

王连民兴奋了起来，下了地，说："多少？"

"十三斤！"王嫂小声说。

"里边会不会真的有金子？"

王连民这回要亲自看看秤，说要是里边没金子怎么会这么重？他让自己女人把那台秤推进了屋，那个大肉球现在好像有了某种变化，有点玲珑剔透的意思，好像是比刚从驴肚子里滚出来的时候好看多了，已经变透亮了，看上去像一块奇大的紫红色玛瑙。这个大肉球给放在了台秤上，王连民把台秤上的砣拨了拨相信了，相信了还不说，他还想亲自用手抱抱这个大肉球。结果沾了两手的血。王嫂转身取手巾，再转过身的时候吃了一惊，她看到王连民在大口大口舔手上肉球的血，舔了这只再舔那只。

"你干啥！你干啥！"王嫂说，"你也不嫌它腥！"

"我迟早要把它吃了。"王连民说，"我感觉我吃了它病也许就会好了，因为这是个宝贝！"

这时候又有人在外边敲门，敲得很急，不是一个人敲，像是有许多人在敲。

"快去看看是谁。"王连民说。

王嫂把大肉球包好放在了柜子下边，上边又扣了一个盆子，然后出了屋。她站在院子里问了一声，俊生，还有另外一些熟人，是那些小贩。卖肉的小贩，驴沙的消息已经在他们之间传开了，他们都想来看看那个叫"驴沙"的大肉球，想开开眼。这让王嫂很为难，她既不能说那肉球不在，又不能说不让他们看，她又有些怪俊生，怪他不是一个人来，怪他带那么多人来。她忙反身又进了屋，她让王连民拿个主意。王连民的意思现在已经改变了，他的意思是这肉球不能再让人们随便看了。

"这件事，知道的人越少越好，那宝贝，看到的人越少越好。"

"人都在外边呢。"王嫂说。

"开门吧，你就说大肉球给记者拿走研究去了。"王连民对王嫂说。

王嫂去开了门，她对俊生和那些小贩说那肉球已经被记者们拿走了，"刚拿走，他们要研究研究这个宝贝，据说一千年也出不了这么一个，所以他们拿走了，还打了条子。"但是这些上门要求看一眼肉球的小贩都好像对王嫂的话不怎么相信，他们已经知道了那肉球就是"驴沙"，他们知道"驴沙"有多么宝贵。他们还是拥拥挤挤进了屋，进了屋他们的眼睛又不老实，东看看西看看，他们觉得这屋子已经不再是以前的屋子了，这屋子马上就要放出光芒来了。不知是谁说的，说驴沙会闪闪发光，但他们注定是什么也看不到，但他们感觉王嫂的屋子已经跟以前不一样了。

小贩哈小毕的话让王连民一下子眉飞色舞起来，哈小毕说：

"听说驴沙到了晚上都会放光,像夜明珠一样!会把屋子照得亮堂堂的。"

"那好,今后连灯都不用点了。"王连民说。

"我们都还没见过驴沙呢。"哈小毕说牛黄他倒是见过。

"拿回来再说,拿回来再说,到时候还能不让你们看?"王嫂在旁边说,"大肉球很快就会拿回来,记者们还拍了照片,说要登在报纸上,一般的人可以在报纸上看看,但你们大伙儿都可以亲眼看看真东西。"王嫂嘴里这么说,但她的眼睛时不时要往一进门的柜子下边溜一下,她还来不及把那个大肉球严严实实放起来,屋子里,那股子腥味是越来越重。老赵家的那只猫又出现了,在窗台外边把尾巴竖起老高,浓重的腥味让它感到了无比心烦。猫的样子挺吓人,尾巴不但竖起老高,而且憋得老粗。

"这一回,我们再跟王嫂你接肉你可要照顾照顾我们。"哈小毕又转过脸对王嫂说。他的话马上被另一个小贩打断了,另一个小贩说:"你脑子里是不是有豆腐,王嫂发了还会再杀驴?就那个驴沙,你就天天坐在那里吃吧喝吧喝吧吃吧,缺钱花就弄一小块儿下来卖卖,然后就再吃吧喝吧喝吧吃吧,钱花光了你就再弄下一小块儿卖卖,那可是宝贝,一万头驴的肚子里也许都不会出这么一个。"

"好家伙,王哥王嫂熬出头了,以后就吃吧喝吧!"不知谁把这句话重复了一遍。

俊生一直不说话,一直笑嘻嘻站在那里听别人说话。

"王哥王嫂以后就只管吃吧喝吧,缺钱花就从驴沙上弄那么一小块儿,弄一小块儿我看就够吃他妈一两年。"不知谁又把这话重复了一遍。

小贩们的话让王连民和王嫂的心"怦怦"乱跳,他们互相看看,他们的目光是复杂的,兴奋和害怕已经紧紧交织在一起,想解也解不开。他们现在是既想让人们知道这个驴肉球,又怕让人们知道这个驴肉球，他们的心里简直是火烧火燎。

"别人只能看报纸上的照片，但你们大伙儿都可以亲眼看看真东西。"王嫂把这些人送出去了，"只要东西一拿回来就保证让大伙儿看个够。"

"知道的人多了也不是什么好事。"俊生走在最后，他在院子门口小声对王嫂说，说他可能要带人过来，因为已经有人问过他了，想买这东西，"如果价钱合适就出手吧，你看看一传十，十传百有多快，好事有时候就是坏事。"

"好事有时候就是坏事。"俊生又说。

俊生的话让王嫂的心好一阵乱跳。

"可别让好事变成了坏事。"俊生又说。

3

当天晚上天快黑的时候，俊生果真在外边敲门了，门敲得很轻，轻轻地敲，轻轻地敲。王嫂去开了门。俊生身后跟着两个人，其中一个还提着一个黑提包。打头的是个大眼睛男人，穿着灰色的中山装，笑眯眯的，看样子不太像个好人，他身后边的另外一个人脸儿红红的，红红的脸上有一个很尖锐的鼻子，这红脸儿还梳了个油光光的小分头。现在梳这种发式的人很少了，黑提包就提在他的手里。这两个人的出现还是让王连民和王嫂都吓了一跳。这两个人要王嫂把院门关好，然后就把话直接说了出来，那就是，他们要买那个大肉球，而且一开口就是三万。

"这个数。"俊生背着那两个人悄悄对着王嫂伸出四个指头。

"我们要收购那个大肉球。"大眼睛男人说。

这两个人都绝口不说"驴沙"，而是一口一个"大肉球"。

"三万，怎么样，那个大肉球？"大眼睛男人说。

"不少啦，一个肉球三万块钱。"小分头跟上说。

"这个数。"俊生又背着那两个人悄悄对着王连民伸出四个指头。

王连民看看王嫂,王嫂看看王连民,他们的兴奋是一下子就达到了高峰。这让他们自己都感到有些害怕,他们不太相信,觉得有些像做梦,因为他们从来都没想过自己果真有可能一下子挣到三万,而且俊生还暗示他们要四个数。王连民忽然挥挥手让王嫂去倒水,王嫂到外屋去倒水了,王嫂兴奋得手脚有些不听使唤,把水壶弄得"砰砰嘭嘭"响,又差点儿让地上的烂塑料绊个跟头。

"你说几万?"王连民对那个大眼睛男人说。

"三万。"大眼睛男人说。

"他想出三万?"王连民对俊生说。

"是三万。"俊生说。

王连民的眼珠转了转:说"可肉球不在家,已经让记者拿走研究去了。"又说:"这事俊生你又不是不知道,明天报纸就登出来了。"

"不信你们问问俊生。"王连民对那两个人说。

站在一旁的俊生忙对王连民说这两个人都是自己人:"不行让他们再加一点。"

"三万可也太少了吧?"王连民的口气是试探试探,"太少了吧?"

"价钱是不是还可以搞?"俊生看着那两个人,说都是自己人,不是自己人他也不会带他们来,这种东西到了美国也许都找不到。

"对对对。"这两个人说是不太好找。

王连民心里有数了,他对俊生说:"再说东西也不在呀。"

"都是自己人。"俊生说,"既进这屋就没外人。"

王连民说:"上午记者来了你又不是不知道。"

"王哥你看你。"俊生说,"那东西还能随便给记者拿走?那又不是个土豆?"

"什么话?"王连民说,"咱们是啥关系?我还能对你说瞎话?记者打的条儿还在呢,记者正儿八经地打了条儿了。"

"还打了条儿?"俊生说。

"当然得打条儿。"王连民说,"不信让王嫂拿给你看。"

王连民的意思很明确,既不说卖,又不说不卖。这就是王连民的聪明,王连民虽然肾脏坏了,可脑子还挺好使。王连民对俊生说:

"我又不懂这东西的行情,要真卖也要靠你张罗。"

"我这不是已经把人带来了吗?"俊生说。

"东西送回来再说。"王连民说,"有你俊生做中间人,价钱也好说。"

"那两个记者可靠不可靠?"俊生说,"现在的骗子要比正经人多,一有机会,正经人也马上会变成骗子,只要一有机会。"

"记者说照片明天就登报了。"王连民说。

就在这天晚上,有人想出三万买那个驴肉球的事很快就传了出去,把这话传出去的不是俊生而是王嫂自己,一是她兴奋得了不得,不说憋得不行,弄不好也许会憋出病;二是王连民想了又想要她把这个价说出去,既然有人肯出三万,既然傍晚随俊生来的那两个人一开口就是三万,那这个驴肉球肯定不仅仅值三万,也许要值几十个三万,也许几百个三万也不止。这天天黑以后王嫂做了一件很重要的事,那就是她假装上房够劈柴把那个驴肉球用绳子吊在了另一间空屋的烟囱里,再精的人也想不到那驴肉球会被人放在那个黑咕隆咚的地方。王嫂经常把贵重的东西吊在那间空屋的烟囱里,那间空屋早就不生火了。

"你晚上就好好儿睡觉吧,这一下子万无一失。"王嫂对王连民说。

"耗子会不会上去?"王连民还是不放心。

"耗子去那地方做什么?"王嫂让王连民不要胡思乱想。

"老赵家的猫会不会下去?"王连民又说。

"不会吧,烟囱直上直下的。"王嫂说,"除非那猫会飞檐走壁。"

这一晚上,王连民两口子还是没睡好。他们既然睡不着,就合计卖了驴沙该做些什么。一是给儿子把媳妇娶了,这是天经地义。二是再给他们自己买一套房子,这也是天经地义,说到后来王连民不说话了,王连民有王连民的心思,他忽然觉得很伤心!王连民知道自己就这身体也活不了多少年,眼瞅着从天上掉下这么个宝贝,自己又不可能享受它,这让人要多难受有多难受。

"操他妈的大肉球,怎么这会儿才来?"王连民说。

"什么事情都有个定数。"王嫂说。

"我太难受了。"王连民说。

"你哪儿难受?"王嫂说。

"我心里难受。"王连民说。

"你怎么心里难受了?这么好的事都朝咱们来了。"王嫂说。

"我要把它劈两份儿,我和你一人一份儿!"王连民说,想想又说,"劈两份不对,要劈成三份儿,你儿子也必须有一份儿,你们怎么卖怎么花我不管,我要去苏州和杭州旅游!我不能白活一辈子。"

"我看你是在村里教书教出魔来了。"王嫂说。

"苏州、杭州!"王连民说。

"苏州、杭州怎么啦?我看不如吃了喝了好。"王嫂说。

"我想了一辈子了。"王连民说。

"你听,什么动静?"王嫂忽然推了一把王连民,房顶上好像有动静，仔细听听，这动静又在墙头那边，旁边院子里老赵家的那条狗叫了起来，狗一叫，那动静又没了。外头没了动静，王连民又说话了："操他妈，要不，那一份儿驴沙我就一口一口拌砂糖吃了它！把钱送给医院也是个死，我吃了它也许还能把病治了，这是上天给我的礼物！上天让我去苏州杭州！要是不去一趟，我就白在村里教了一辈子地理。"

"你听。"王嫂又说。

房顶上真的好像有动静，但仔细听又没了。

"哪有动静？明天打电话叫你儿子回来吧，这么大的事恐怕你我两个人抵挡不了。"王连民说，"既然人们都知道了，说不定这会儿有多少人惦着它呢。"

"你听。"王嫂又说。

"动静？哪有动静，我怎么听不到动静？"王连民说。

"我看还是把它卖了好好儿买两间房子吧。"王嫂说，"没动静最好。"

"买两套，挨着，你儿子一套咱们一套。"王连民说。

"到时候咱们就不杀驴了，开个小饭店卖面条儿。"王嫂说她已经想好了，就去宋庄那边开个小面馆。宋庄在县城的最北边。

4

这一晚上，王嫂是一晚上没睡好，脑子是越来越亮，又好像是越来越糊涂，房顶上总好像有动静，到了后来，是脑子里总好像是有动静。天快亮的时候，王嫂迷迷糊糊听到了自己身边有动静，她摸了摸旁边，王连民已经不在了。王嫂赶忙穿衣下地出了院子。一晚上的北风，外边地上的雪冻得又硬又脆，"咯嘣，咯嘣"。每走一步都"咯嘣咯嘣"，王嫂不知道王连民去了什么地方，小南房里也不在，院门还插着，另外两间空房里也没有人。

王嫂急了，她又进了屋里，她居然还拉开那个旧衣柜朝里边看了看，柜子里怎么可能有人，王嫂就又到了院子里。

"王连民——"王嫂急了，小声喊。

王连民竟然站在房子上，像个贼。

"你怎么在房上？快下来！"王嫂吓了一跳。

"小菊，东西不在了。"王连民在房顶上小声说。

"瞎说！"王嫂已经爬上了梯子。

"不在啦——"王连民的声音都变了。

"别开玩笑！"王嫂说。

"你看。"王连民说。

"你不许瞎说！"王嫂声音都变了。

"你看！"王连民又说。

王嫂这才看清了王连民手里拿着那根木棍，木棍上有半截绳子，那是系装驴沙的那个塑料袋子的。木棍上只有半截绳子，装驴沙的塑料袋子却不见了。

"你看你看。"王连民说。

"别开玩笑。"王嫂说。

"谁开玩笑！"王连民说。

"怎么会不见啦？"王嫂已经爬到了房顶上，这时天还没全亮，周围静悄悄的，做豆腐脑儿的老赵家已经生起了火，烟囱里冒着烟，因为没风，那烟直直地像根白棍子。

住在这一带的人猛然听到了王嫂尖锐的哭声，王嫂的哭声好像是从天上散布了下来，但她只哭了一声，忽然又停了。王嫂不敢哭了，因为这时候实在是太早了，人们还都没起呢，也没人发现王嫂和她男人王连民都站在房顶儿上。这时候天还不怎么亮，灰蒙蒙的天边青蓝青蓝的，像一块深色的蓝玻璃，只不过被后边的光慢慢照亮了。

"坏了，你说对了，晚上有人上房了。"王连民说。

"会是谁呢?"王嫂的两只手抖着,她看着手里的那根木棍,木棍上的半截绳子像是给刀子割断的。

天还没有大亮的时候,王嫂出现在了俊生的家里。

俊生还在花被窝儿里。王嫂的两眼红红的。俊生觉得王嫂是不是出了什么事,他睡得正好,瞌睡虫还没离开他,王嫂一敲门,他就跳下地开了门,然后又跳上炕钻进了被窝儿,他影影绰绰感觉是不是那个大肉球有了什么事,要不就是王连民出了什么事。

"是不是王连民出事了?"俊生说,"人就是不能太兴奋,尤其像他那种病人。"

"俊生?你说,那东西是不是你拿了?"王嫂站在那里问。

"一大早,地上冷,快脱了衣服进来。"俊生把花被子撩开了。

"是不是你?"王嫂又说。

"我怎么知道那东西在哪儿搁着,你不是说记者拿走去研究啦?"俊生说,脑子在一点一点变得清醒。

王嫂说:"俊生,我闻也能把它闻出来!"

"那你就闻吧,要不,你就先闻闻这里。"

俊生笑嘻嘻地把花被子再一次撩开,说你闻闻这里边有什么味道?这味道最好闻了。俊生看看王嫂的脸,王嫂的脸色比刚才还难看,俊生不敢再开玩笑了。俊生说:"王嫂你别说闻不闻的,那大肉球要是放在密封的瓮里或放在地窖里你就闻不到了。"这话让王嫂忽然变得很可怜,她问俊生:"你这里不会有地窖吧?"

俊生说他准备挖一个:"但还没挖呢,有了老婆再说,或者,等王连民到了另一个世界再说。"

王嫂说:"俊生你不会埋怨我吧,我要看看你这里的缸?"

"你脱了衣服进来吧,还早呢。"俊生说。

"我闻也要把它给闻出来。"王嫂再次说。

俊生对王嫂说："看你的样子那肉球不像是假丢了。"

王嫂在屋里转了一圈儿，把屋角那口缸看了看，缸里是两双俊生的旧鞋。

"不是开玩笑吧？真丢了？"俊生说。

"我一大早，我疯了？"王嫂说。

"不过这种事，最好是说丢了，让人们不再在心里打它的主意。"

因为什么呢？俊生说："因为那是个宝贝，比牛黄贵一百倍的宝贝，所以必须要说谎。"

"你是不是以为我瞎说？"

王嫂坐了下来，她头有些晕，她不明白是谁在夜里上了房顶儿，又是怎么找着了放肉球的地方，肉球现在在什么地方。那么大个肉球，是老天给自己降下来的宝贝，一下子从驴肚里滚了出来。儿子的婚事、房子，还有王连民看病的钱都要靠这个大肉球。王嫂要哭了。

"看你这样，还好像是真丢了？"

俊生坐了起来，他把王嫂拉过来，想要她坐下来，想要她把衣服脱了，他想做事，他身上，那地方已经顶得像根铁杵，都有点疼了，是硬得发疼。他想让王嫂给他解解疼。

"我想来想去就你能猜出那个地方。"王嫂把俊生的手一下子打开。

"我咋猜得出？"俊生停下了手。

"我对你说过，这地方，房顶儿上。"王嫂小声说，用手指指指上边。

"烟囱？"俊生张大了嘴，说，"你把那大肉球放烟囱里了？"

"可现在不见了。"王嫂说，"那地方我放钱也没丢过，三千两千都放过，从来都没丢过。"

"我看根本就不会丢，你把我当外人了吧？"

俊生开始穿衣服，把腿伸到棉裤裤筒里去，一蹬一蹬，伸进一只，再伸进一只，再一蹬一蹬，然后站起来把棉裤一提，然后再坐下来，下了地，把裤子提着，说：

"要是有条狼狗就好了，那肉球的味道可真太冲了，狼狗一到，谁也说不了假话。"

"狼狗？"王嫂说。

"你是不是哄我？你是不是把我当外人啦？"

俊生说："要是真来条狼狗的话这假话就没法儿说了。"

"我还能骗你，真丢了。"王嫂说。

"我看不像。"俊生说。

俊生叉开了腿，裤子还没系，"哗哗哗"往地上的塑料桶里撒尿。

5

俊生说的狼狗没出现，倒是有两个警察这天下午出现在了王嫂的家里，这让谁都想不到。这两个警察一进院子就东看西看，其中的一个警察对王嫂一连提了好几个问题：

"驴就是在这院杀的？"

"是。"王嫂说。

"最近一共杀了几头驴？"

"就一头。"王嫂说。

"都是谁杀的驴？"

"俊生。"王嫂说。

"花多少钱买的驴？"

"一千多吧。"王嫂说。

"一千多是多少，多九百也是一千多，多五十也是一千多。"

这个警察说。

王嫂的心里忽然慌了起来,她不知道是出了什么事,不知道自己杀驴杀的怎么连警察都上了门?她觉得这也许和那个大肉球有关,大肉球的丢失已经让她伤心极了,想不到警察又来了。

"就在这地儿杀驴?"问话的警察看到了杀驴的架子,架子上有黑色的血,还有毛,他把一根驴毛捏在了两个指头间,然后一吹。

"对。"王嫂说。

"那头驴也是在这地方杀的?"这个警察又问,看着别处。

"驴都在这地儿杀。"王嫂不知道警察说的"那头驴"是什么意思。

这两个警察忽然提出来要看看驴皮,那几张驴皮还没被收皮子的收走,都在一进院子的小南房搁着。王嫂就领这两个警察去"哗啦哗啦"看驴皮,也不知道他们要看哪张驴皮,为什么要看驴皮,但王嫂更明确地觉着警察的出现可能和那个大肉球有关系,更明确地知道他们要看的是那张老驴皮,这就让王嫂心里更慌。

"让偷驴的来认一下。"其中的一个警察说。

"让他妈刘明眼这小子来看,这驴皮可真腥!"另一个警察说。

警察说的这个刘明眼很快就被带来了,他在外边的车上,王嫂认识这个刘明眼,王嫂跟他买过两头七老八十的牛。那两个警察要刘明眼把驴皮好好认一认,其中的一个警察对王嫂说:"你别看刘明眼这家伙像个好人,其实是他偷了人家的驴,然后又把驴卖给了刘明学,刘明学又把驴卖给了你,把贼赃卖给了你。"

"你买了贼赃了。"这个警察对王嫂说,说,"贼赃现在是不是就剩下一张皮了?"

"就这张。"刘明眼已经认出了那张好多地方连毛都快要掉光了的驴皮。

　　警察还有些不放心，又让刘明学也认一认，刘明学看了看说："就是这头驴，这地方，这地方，还有这地方，都老的没毛了。"这两个警察还有些不放心，又让刘明眼和刘明学把另外几张皮子"哗啦哗啦"翻过来掉过去地看了看。到了后来，俊生也让给叫了来，警察让他也帮着认一认，再后来，这两个警察进了屋和王嫂说话。

　　"驴肉卖到哪儿了？"

　　"驴肉铺，还有两家饭店。"王嫂说。

　　"驴下水呢？"

　　"也给五中那边卖下水的收走了。"王嫂说。

　　"驴头呢？"

　　"也给收下水的拿走了。"王嫂说。

　　"一共卖了多少钱？"

　　王嫂在心里合计了一下，说"皮还没卖呢，一头驴也就挣七八百吧？"

　　"还有呢？"

　　"还有就没有了，就这些。"王嫂说。

　　"驴肉是多少钱一斤？"

　　"三块钱。"王嫂说。

　　"那驴下水呢？"

　　"两块五毛。"王嫂说。

　　"驴皮呢？"

　　"驴皮贵一点，药厂里收给一百五。"王嫂说。

　　"你想想，就这些？"

　　"没别的。"王嫂小声说驴鞭也卖不了几个钱，给大肚子女人买了保胎去了，这个世界上大肚子女人太多了，王嫂说她根本就想不出是哪个大肚子女人买的。

"那个'大又球'呢?"这个警察忽然提到了那个大肉球,这个警察的口音很怪。

王嫂的心里就"怦怦"乱跳开了,脸马上也跟着红了,她还没说那大肉球已经给人偷了心里就已经怕警察不相信她这话,这么一想脸就更红了,这么一想她就更在心里生自己的气。

"那个'大又球'呢?"警察又问,这个警察把"大肉球"叫作"大又球"。

"丢了。"王嫂小声说。

警察说那不是太凑巧了:"怎么会丢了?"

"真丢了。"王嫂说。

"你放在什么地方就能丢了?"警察说,"谁都知道那是个宝贝,宝贝这东西也许会长翅膀?长翅膀飞了?它长几个翅膀?翅膀上长了几根毛?"

王嫂不知道该怎么说了,看看坐在炕上的王连民,王连民不说话,在看他自己的指甲,显得很平静。

"丢了。"王连民说,"这里的治安不好,比宋庄那边还乱。"

"你们两口子知道不知道凡是那头驴身上的东西都是贼赃?"这个警察说,停停又说,"你们知道不知道凡是贼赃就得都追回来?"停停又说,这回口气更硬了:

"不但是你们,饭店和驴肉铺子卖驴肉的钱都得追回来!"

"追吧,追吧。"王嫂嘴里说。

"对,是应该追回来。"王连民也说。

王嫂带着那两个警察上了房,房顶上的积雪给太阳晒得软软的,踩上去连一点点声音都没有。上了房顶儿,王嫂呵呵手,她看到下边有不少人都在朝这边张望,人们一般很少看到警察上房顶儿上。下边的人不知道出了什么事,但王嫂买了贼赃的事已经被不少人知道了。这些人不但知道了王嫂买上了贼赃,而且知道了那个从驴身上滚出来的大肉球也要被警察当作贼赃没收,这让不少人感到了幸灾乐祸。下边的人越围越多,说围也不对,是停下脚步在那里仰着下巴朝上看,看王嫂和那两个警察在房顶上做什么？王嫂看到了做豆腐脑的老赵,围着脏了吧唧的那么一条白布围裙,也在下边仰着脸朝这边看,半张着嘴。

王嫂把那两个警察带到了那个烟囱旁,指了指,说那个驴肉球就放在这个烟囱里。

"放在这儿？"这两个警察中的一个甚至把头还探到烟囱里朝里边看了看,里边黑乎乎的:"这里边怎么放东西？怎么会把东西放在这地方？不可能吧？是做熏肉还是做腊肠？"

"就放在这儿。"王嫂又说。

"放在这儿干啥？"

"怕丢呗。"王嫂小声说。

"那怎么还丢了？不可能吧？"这个警察的口气相当严厉了。

王嫂答不上来了,她忽然想哭,她忽然有些恨那个从驴肚子里滚出来的大肉球,谁让它在驴肚子里不好好儿待着,从驴肚子里滚出来给自己找这个麻烦,那大肉球,虽说是腥臭腥臭的,却让人想不到它要比牛黄都贵重,虽说是个肉球,却又有个"驴沙"的好名字,虽说是个肉球,但看上去却像个大玛瑙。

"唉——"王嫂忍不住长长叹了口气。

"你说你到底把那个'大又球'放在了什么地方？"警察又问了。

王嫂已经坐在了房顶上的劈柴上,一股扎人的凉意已经从下边传了上来。

"问题那是贼赃!"警察说。

"问题是它丢了。"王嫂说,"谁知道它怎么就丢了？它丢了。"

"你是怎么放的？"警察说。

"一根棍儿,一根绳儿,用绳子把塑料袋子绑好了,把木棍儿横在烟囱口上。"王嫂说就这么放的。

"你比画比画。"警察说。

王嫂走到了烟囱跟前:"这么,这么,就这么,把棍儿别在这里,把袋子吊下去。"

"你就把贼赃放在了这里?"警察说。

"我不知道那是贼赃。"王嫂说。

"先下去,咱们到地方再说。"警察说。

"到地方"这三个字让王嫂吓了一跳。

"到什么地方?"王嫂说。

"到了你就知道了。"警察说。

从房顶上下来,王嫂跟着这两个警察去了一个地方,这地方是一个小旅馆,县城东边的小旅馆,小旅馆门口的白墙上写了很大一个红色的"茶"字,另一边写了一个很大的红色的"烟"字。那两个警察说这是一个大案件,所以为了办这个案子特别在小旅馆开了房间。那两个警察又说这是一个大案件,要是报纸不登那张照片,要是人们不知道那个大肉球就是"驴沙"这事还好解决,"现在几乎是全世界的人们都知道了咱们鸡东县出了这么个宝,所以事情就没那么简单了,闹大了。"

"整个鸡东县都跟它出名了。"警察说,"这件事想捂都捂不住,闹大了。"

王嫂的心跳得"怦怦"的,她用一只手捂着自己胸口。

"我看那个'大又球'对你来说实际上是个大麻烦。"这个警察说。

"可它真丢了!"王嫂说,"谁放着好好儿的日子不过想惹麻烦。"

"也许你能想起来它在什么地方?"这两个警察说,"你就好好儿想想吧，这里也饿不着你，也不是你一个人，刘明眼、刘明学都在，让他们陪着你想，想够了再说，想起了再说，那么大个驴肉球，谁会相信它一下子就丢了？问题那是贼赃，问题那又不是一个小鸡蛋。"

"我可不知道那是贼赃。"王嫂说，"那驴身上又没写这两个字。"

"我问你，你买这头驴是不是要比一般的驴便宜得多？"警察说。

"没呀。"王嫂说，"都是一样的价，一分也不少，要是便宜了我还不敢买呢。"

"无论你怎么说都是贼赃！"警察说，"起码要判你个销赃罪，要想戴罪立功你就把那个大肉球放在什么地方说出来。你说那大肉球给放在烟囱里，你怎么不说那大肉球给放在了澡堂子里？你以为警察都是三岁小孩儿？你干脆把我们警察用根绳儿拴着都放烟囱里吧！"

"妈的！"

王嫂张张嘴，眼泪终于从眼里流了出来，但她马上用两个手指把眼泪抹了。她现在简直是痛恨那头老叫驴了，她想起了那头老叫驴吃东西时的样子了，一边嚼一边斜视着什么地方。王嫂甚至觉得自己是做了一个噩梦，什么驴？什么驴沙？什么三万块钱？都是一个梦！好事对她来说从来都只能是一个梦，真正降临在她身上的只有倒霉事。

这天晚上，王嫂在小旅馆里睡着睡着忽然醒了，她听见旁边的房间里有人在喝酒，在说说笑笑，听声音很熟，像是那两个警察，好像还有俊生。她影影绰绰听见旁边是在说大肉球的事，说要是真丢了谁也没有办法。再听听，说话的声音又不太像是俊生，再听呢，又是俊生。

"俊生怎么和他们在一起？"王嫂在心里想。

"俊生——"王嫂试探着小声喊了一声。

王嫂心想是不是俊生给自己找到关系了,是不是来说情来了。

"俊生——"王嫂又小声喊了一声。

"俊——生——"王嫂小声喊。

这时外边突然有人小声说话了,说:"你喊俊生做什么,你把'大又球'赶快交出来!交出来你就可以回家了!"

"丢了!丢了!丢了!"王嫂大声叫了起来。

"喊什么喊!喊什么喊!喊什么喊!小点儿声,现在是半夜!"这个警察说。

"我你个大肉球的妈呀——"王嫂忍不住了。

外边的警察倒笑了起来,说:"大肉球的妈就是那头驴,宝贝怎么到了你这种人手里!"

6

王嫂给放回来是第五天的事,王连民到做豆腐脑的老赵那里借了两千块钱才交了罚款。王连民病了这么多年,能借钱的地方都给他借遍了,好一阵子,他无论跟谁张口都借不到,想不到这一次他没遭到拒绝。做豆腐脑的老赵还问他"够不够","还要不要",还说"谁都有个暂时手紧的时候"。人们对王连民的态度变了,好像不再怕他还不了。交罚款的时候,那两个警察把王连民也审了一下,问过王嫂的话又再拿过来问了王连民一遍。那个警察说:"这罚款没把那个大肉球算在里边,如果把那个大肉球折价也罚你一下,你想想?你想想该罚你多少?够你受的!也许是几十万,或者是几百万!"

"因为那是个宝贝!"

"不知道。"王连民小声说,"我只知道我活不了多久了,我快完了。"

"一千年也许都出不了一个的宝贝！"

"不知道。"王连民小声说，"我也许只有几年了，你最好活上一千年。"

"你敢说你不知道？你还当教员呢。"

"真不知道，我是农村教员。"王连民小声说，"我知道个鸡巴。"

从那小旅馆出来，王嫂的心情是灰溜溜的，她的心情是给那个大肉球弄得灰溜溜的。雪已经化得差不多了，小胡同里现在到处都是泥泥水水。王嫂往回走的时候碰到了不少熟人，有些熟人还不知道那大肉球已经不见了，还一个劲儿地追着问大肉球的事，问那个大肉球到了晚上闪闪发光的事，说要是那样的话，晚上连灯泡子都不用点了，那要省多少电钱？挂在县城广场里算了！有些人已经知道大肉球丢失的事，但还是拦住王嫂问大肉球的事，问大肉球是怎么丢的？怎么可能放在烟囱里？是不是给烟熏一熏好保存。

王嫂不知道应该怎样回答这些熟人的问话，她用头巾把脸包得严严实实，她加快了脚步，把王连民甩在了后边。到了家，她才忍不住放声大哭。好一会儿，王连民才气喘吁吁进了家，对她说：

"对，你哭吧，让人们都听到你的哭声才对。"

王嫂用婆娑的泪眼看着王连民，不知道王连民是什么意思？

"要不人们怎么会相信那大肉球已经丢了。"王连民说。

王嫂倒不哭了，她看着王连民："没人知道大肉球放在哪儿啊？怎么就会没了呢？谁会知道？连俊生也不知道，俊生肯定不知道。"

"你敢说你上房的时候就没人看到？"王连民说，"如果正好有人在下边看见了呢？"

"看见我上房也不见得会看见我往烟囱里放东西。"王嫂说，"一般人根本就想不到那地方，那时候天已经黑了，谁没事往房上看，没事往房上看做什么？"

"不好说。"王连民说，"光你知道上房，怎么就敢说没人往房上看。"

"祸害！钱没挣上倒贴进去两千，祸害！"王嫂说。

"算了，就算没这回事。"王连民说。

王嫂在里边的这几天，王连民的身体和精神倒好像是一下子好多了。王嫂不在家的这五天里王连民自己给自己做饭吃，他还出去给自己买了药，甚至还出去到宋庄那边走了一趟，到那边看了看房子。

"祸害！"王嫂又说。

"对，那是个祸害！"

王连民说："咱们就别想它了，忘了它算了，我也不再想去苏州、杭州的事了，我没事躺在家里闭着眼什么地方都去了。人只要闭着眼瞎想，想去什么地方就是什么地方，这是穷人的法子，穷人闭着眼睛连美国都能去。"

"唉——"王嫂叹了口气，这口气叹得很深，到五脏六腑。

"就当是做了场噩梦。"王连民说。

"祸害！"王嫂又说。

这天晚上，王连民和王嫂已经睡下了，没了大肉球，他们两口子倒好像能睡个安稳觉了。王连民也不再翻过来翻过去地睡不着，王嫂"唉"地叹了好一阵子气，终于也睡着了。她虽然满脑子都是大肉球，但她不再想外边有什么动静了，外边有什么动静也跟她无关了，外面的世界太大了，跟她又有什么关系？她五天没好好睡过觉了，没了大肉球她睡得倒很香甜。王连民没王嫂睡得那么香，他在睡梦中不停地捶他的腰，这里，那里，那里，这里。睡下后不久他还又起来喝了一回药，然后再躺下。再不停地捶腰，这里，那里，那里，这里。

后半夜的时候，院子里突然有了动静，"嗵"的一声，真是让人害怕！有人从墙头上跳进了院子，不是一个人，又"嗵"的一声，又"嗵"的一声，好像是好几个人！

王连民和王嫂几乎是同时被惊醒了。

王嫂一下子坐了起来，推推王连民，小声说：

"听，有人！"

王连民小声说："我听见了，院子里进人了。"

"要出事！"王嫂说。

"小点儿声。"王连民说，"看看他们想干什么？"

"肯定又是为了大肉球！"王嫂说。

"妈的！"王连民说。

从墙头上跳进来的人这时已经跑了过来在外边敲门了。

"把门开开，把门开开。"外边的人用很小的声音说，"快开！他妈的快开！"

王嫂租的这处院子虽然破烂了，但门窗上都安着铁条，外边的人只能敲门。

"开门，开门。"外边的人又说，他们的声音很低。

"你们想干什么？"王连民在屋里说话了。

"把那个大肉球交出来，交出来。"外边的人说。

"东西不在了。"王连民对外边说。

"谁信你的话，你痛痛快快地给我们拿出来。"外边的人说。

这时有人已经摸到了窗户这边，用手摇了摇窗上的铁条。门那边，也有人摇了摇门上的铁条，王嫂听到了铁条上的"咯吱"声。外边的人开始用改锥拧铁条上的螺丝，螺丝已经锈住了，怎么也拧不动。

"给110打电话！快给110打电话！"

王嫂还是有主意，她飞快地穿好了衣服，下了地，用很大的声音对王连民说，实际是说给外边的人听，王嫂的家里根本就没有电话，因为她没有闲钱交电话费。

"别喊！把东西交出来，把那个大肉球交出来！"外边的人又说。

王嫂把屋里的灯打开了，不但打开了屋里的灯，而且还打开了外屋的灯，她一边开灯一边说："再打，再给110打电话！"

"别喊，把东西交出来，把灯关了！"外边的人又恶狠狠地说，听声音有些胆怯。

"打啊，快打！"王嫂说。

"打通了，打通了！"王连民说。

"快说，快说！"王嫂说。

"110！110！"王连民说。

王嫂在窗台上摸到了手电，她把手电从窗子里朝外照了出去，把手电朝外照出去的时候外边的一个人又说了一句话。王嫂突然愣住了，外边的声音怎么那么熟，是熟人的声音，起码是她听过这个人说话，这个人的声音她听着太熟了，这个人把"大肉球"叫作"大又球"。王嫂突然想起来了，外边说话的这个人会不会是那个警察？那个警察就把"大肉球"说成是"大又球"。警察怎么突然变成了劫贼呢？

王嫂大喊了起来，王嫂大喊的时候老赵那边的狗也开始叫。

"110马上就到，我知道你是谁了！"

"小点儿声，别喊！小心我放一把火！"外边的人说。

"我知道你是谁了。"王嫂又说。

外边的人不敢久留了，但他们毕竟不敢放火，只是"砰砰"把王嫂的窗玻璃和门玻璃砸碎了几块，有一个人甚至想从外边伸进手来从里边把门打开，但里边的门插从外边够不着，外边的人又把门上和窗子上的铁条摇了摇，又朝屋里扔了几块砖头，然后才从墙头上跳出去，脚步声一路远去了。

"走了。"王连民说。

"吓死人啦。"王嫂一屁股坐了下来，心已经跳到了嗓子那地方。

"赶快安个电话吧。"王连民喘得蹲了下来，王连民说，"咱们再没钱也该安个电话了。"

"我听出来了。"王嫂捂着胸口说，"刚才外边那个把'大肉球'叫作'大又球'的人，肯定就是那个警察，我听出来了。"

"哪个警察？"王连民说。

"就那个警察，上房顶儿的那个警察，'大又球'。"王嫂说。

"'大又球'？"王连民说。

"那个警察就是这个口音，肯定是那个警察。"王嫂说。

"你是说他们串通了？"王连民说。

"是不是还有俊生？"王嫂说。

"这么说，大肉球不可能是俊生偷的。"王连民说，"要是俊生偷了大肉球他们就不会来了。"

"咱们买的那头驴根本就不是贼赃！他们肯定是串通了！"王嫂说，"想不到那两个警察是假的，是骗子，说咱们买了贼赃，骗了咱们两千，咱们告他！"

"我问你到什么地方告？"王连民说。

王嫂不说话了。

"咱们赶快把窗子堵堵吧。"王连民说。

王嫂和王连民忽然又都屏住了气。这时候又有人在院子外边敲门了，一边敲一边小声对院子里喊。听声音是做豆腐脑儿的老赵，"没事吧王连民，没事吧王嫂，你们没事吧？"老赵在外边说。除了老赵，外边好像还有一个人，那个人是哈小毕，哈小毕也在外边问："没事吧？没事吧？啊，没事吧？"

王嫂突然感到心里热乎乎的，这已经是后半夜了。她出去开了院门，把老赵和哈小毕让进来，她打着冷激灵，不停地打着冷激灵，牙齿也开始互相敲打，她捂着脸好不容易让牙齿停下来，身子又抖了起来。她对老赵和哈小毕说："咝咝，咝咝，刚才有人跳墙进来了，咝咝，咝咝，看看玻璃都打碎了，还往屋里扔砖头。咝咝，咝咝，真是吓死人啦，全是因为那个大肉球。咝咝，咝咝，我敢肯定刚才是那天的那个警察。咝咝咝，那是个假警察，咝咝咝，他一说话我就听出来了，咝咝咝，他们肯定是串通好了，咝咝咝，还有刘明学和刘明眼，咝咝咝，他们在谋算大肉球，他们不相信大肉球已经丢了，咝咝咝，他们还不死心。"

老赵给王嫂倒了一杯水要她喝。

"那个大肉球，那个大肉球，看看，都是那个大肉球招的祸……"老赵说。

"都是那个大肉球招的祸……"哈小毕也说。

"那个，是不是真丢了？"老赵忽然又小声说。

"丢了。"王连民说。

"要是没丢就赶快出手吧，放在手里是祸害。"老赵说。

王嫂忍不住小声叫了起来："还有五张驴皮呢！他们还骗了我五张驴皮！"

"那大肉球要是没丢就赶紧出手吧，要不可真要出事了。"老赵又说。

王嫂的嘴张得老大，她不知道该怎么说了，她明白无论自己怎么说，人们都不会相信那个大肉球已经丢了。"咝咝咝——"

"老赵说得对，赶快出手吧，出事就不好了。"哈小毕也说。

王嫂的嘴张得更大了，她不"咝咝咝"了。

"丢了，真丢了——"

"我们没别的意思，我们是好意，赶快出手吧……"老赵小声说那是个祸害。

"丢啦——"王嫂忍不住了。

许多人，都被王嫂这边的动静惊醒了，不少人从家里走了出来，围了过来，这时都已经是后半夜了。老赵的老婆哆哆嗦嗦弄来了糨子，帮着王嫂往窗子上七糊八糊糊了一阵子报纸。夜里的气温太低了，报纸一糊上去很快就又掉了下来。后来人们又拿来了一些破麻袋，总算是钉在了窗子上和门上。天快亮的时候外边起风了，风把窗子上的麻袋吹得"噗——噗——"直响，像是有人在往屋里吹气。

"大肉球！"

天快亮的时候，王嫂忽然被王连民惊醒了，她不知道王连民是在说梦话还是醒着。

"你怎么啦？"王嫂说。

"大肉球！"王连民攥住了王嫂的手。

因为屋子里冷，王连民和王嫂是在一个被子里。多少年了，他们很少在一个被子里睡觉了，这让他们觉得彼此很亲切。

"那是个祸害，别想它了。"王嫂说。

7

这天，报社的那两个年轻人又来了，他们想做一个深层次的报道，那个大肉球产生的新闻效果连他们自己都想不到。胡同里的雪已经融化了，到处是泥泞一片。这两个年轻记者在胡同里一跳一跳地走。他们是东一跳，西一跳，西一跳，东一跳，跳过一个一个泥水坑，他们终于跳到了王嫂的院门前。但是他们没有见到王嫂和王连民，周围的人们谁也不知道王嫂和王连民是什么时候搬走的。王连民的院子里很乱，塑料袋，乱纸片，破瓶子，还有点心盒子、一个瘪了的塑料皮球和破麻袋。还有，立在那里杀驴的架子，架子上的那根铁的横杠已经给人抽走了，立杠上还有一截绳子头。

　　住在周围的人们都没听到什么动静。人们也不知道那天晚上王连民的儿子回来了，人们也没听到搬动东西的动静，但人们在早上的时候看到了车辙，两道车辙。人们如果跟着这两道车辙，也跟不出什么明堂，因为这两道车辙一上路就和许多车辙混在了一起，到处是春天的烂泥。王连民和王嫂其实也没多少家具可搬，两个柜子，一张桌子，还有几口锅，还有那台秤，还有两个小缸，还有，就是几个烂木头箱子。王连民和王嫂没回他们的村子，他们的村子现在已经不是村子了，地都卖给了房地产开发商，是村子里集体卖的。王嫂和王连民既然回不了村子，他们又在县城的最北边租了房子，那地方就是"宋庄"，那地方聚集了众多的收破烂的，那是破烂的世界，破烂一旦成了规模让人看了也无法不激动，烂塑料、玻璃瓶和各种的废铁，堆得都像山。在这个破烂世界的东边，就是这个县城的花园，里边种了些杏树。

　　王连民这次租的屋子比杀驴那边的屋子还小，东西都搬进来后屋子就显得更小了。王连民对王嫂说这只是暂时性的，也许很快就又要搬家了，再搬家，情况就和现在不一样了。屋子虽小，但王嫂还是把屋子收拾了收拾，很快就收拾停当了。那架缝纫机没地方放，就只好放在了炕上。那几个木头箱子没地方放，只好摞了起来。

　　"你过来。"王连民对王嫂说。

　　王嫂正在"砰砰砰"砸那个小灶台，她准备重新把它泥一下。

　　"你也过来。"王连民对儿子说。

　　王连民的儿子正蹬着凳子安灯泡，安好了，正在用抹布往干净了擦。

　　"你俩都过来。"王连民又对王嫂和儿子说。

　　王连民把一个木头箱子放在了炕上，打开了。

王嫂不知道王连民要她过去做什么。她提着锤子过去了，她看到木头箱子里放着一口缸，王嫂认识这个小缸，夏天到来的时候她总是用这个小缸腌一些泡菜。王嫂看着王连民把绑在缸口上的塑料布慢慢解开，解了又解，终于解开了。塑料布解开的时候王嫂闻到了一股腥臭，但王嫂还是没想到那会是什么。王连民又把盖在里边的一个塑料盘子也取了出来，那腥臭的味道就更浓了。王连民又从里边取出了一些干菜叶子。王嫂这才看到了，里边，居然是，居然是那个大肉球，是那个大肉球！是那个红红的大肉球！那个自己做主一下子从驴肚子里滚出来的大肉球，这个大肉球曾经漂亮得像一颗红彤彤的大玛瑙！但这个大肉球现在已经变了形，变瘪了，颜色也变了，黑乎乎的，而且发出了让人无法忍受的恶臭。上边密密麻麻白白的是什么？是虫子，那些虫子不知道是从里边爬出来的，还是正准备要从外边爬进去。反正是有的想要爬出来，有的想再次爬进去。

大肉球实际上已经变成了一个空壳，里边是数也数不清的虫子。那些白色的虫子开始从大肉球里爬出来，像水一样慢慢在木头箱子里漫开了，然后又慢慢从木头箱子里漫了出来，然后又慢慢爬到了炕上。

"连民！连民！"王嫂惊叫了起来。

王连民的声音却小的不能再小，几乎是微弱，他觉得自己已经喘不过气来了：

"小菊，小菊，小菊……"

更加吃惊的是王连民的儿子，看着那个大肉球的空壳，看着那些爬得到处都是的白色虫子，他觉得自己浑身都已经痒了起来，然后是恶心，但他怎么都吐不出来，他还没有吃饭。而且，那之后，他好长时间都吃不下饭。

我本善良

一

　　吴美芳在里边服刑不觉已是一年。监狱里的春节也是春节，犯人们也要欢度一下，要会餐，要张灯结彩，还要演出犯人们自己编排的节目。分给吴美芳的任务却是去帮厨，去包饺子，另外几个帮厨的女犯人是有说有笑，而吴美芳却突然落下泪来。

　　"别哭，好好表现，争取减刑，到时候也许还能赶上你儿子的婚礼。"旁边的一个女犯人对吴美芳说。

　　吴美芳哭得更厉害了，泪水打湿了手里正在包的饺子。

　　"再哭你那饺子都咸得不能吃了。"

　　旁边的另一个女犯人说："哭有什么用？做人要硬气一些。"

　　吴美芳再也忍不住，放下手里的饺子，掉过脸，开始号啕大哭。

二

　　去年冬天，虽然一年都没下雪，但在吴美芳的心里却是最寒冷的一年。八月到十二月，已经过去了四个多月，吴美芳再伤心也不得不接受那个事实，那就是她的大儿子翔宝为救马来亚的儿子把自己的一条命丢掉的事实。吴美芳的男人刘大宝，要吴美芳想明白一个道理，那就是翔宝的死实际上是替他们两个减轻了负担："两个儿子现在只剩下飞宝一个，负担还不是减轻了一半？"不但如此，坏事变好事，如果真能向马来亚索要三十万赔偿，那套房子的钱也就有了。"我儿子的一条命换一套房也值！"刘大宝说。

吴美芳两眼睁老大，当即骂出口："刘大宝你吃屎啊，居然能说出这种屁话！"

"好好好！"刘大宝说，"吃屎归吃屎，但这事可不能便宜了马来亚。"

"谁说要便宜他？"吴美芳说，"那是我儿子的一条命！"

"明白这个就好。"刘大宝说，"咱们翔宝本该活七十年、八十年，谁想他活了十五年就走到头了，这十五年你容易还是我容易？咱们把多少钱都花在他身上了，现在就像是竹篮子打水。"刘大宝停停，喉节上去，又下来，下来，又上去，然后一句话才重重说出口："就是打不上水，也不能把竹篮子丢了！"四个月来，刘大宝一直在做一件事，那就是又上网又查报纸。刘大宝现在心里有了数，出了这种事，马来亚那边最少也得给三十万赔偿。

那天，刘大宝说是要陪吴美芳出去散散心，硬拉上吴美芳去看了一回房子。房子在大正街靠近二纺那一带，属棚户改造，好不到哪里。但站在这里往远看可以看到北边的竹家山，还有山下那条日渐窄细的平江。往下看，是大正街，街上热闹得很，既有菜市场，又有超市，买东西倒是方便。住在这里最大的好处就是可以天天到下边超市去买处理货，超市总是隔三岔五在快下班的时候处理掉一些临期食品，面包、蔬菜、肉类什么都有。除了离超市近这一大好处外，刘大宝拍拍阳台栏杆对吴美芳说这个阳台整天都能见太阳又是一大好处，我们农科所有的是种子，到时候在阳台上种七八盆蔬菜，不用花钱天天都有新鲜蔬菜可以吃。

吴美芳良久说出一句话："住在这里，天天让我想儿子，我早死也算！"

刘大宝说："你就当没生他。"

吴美芳叫起来："生他的时候你当然不痛！"

刘大宝闭住嘴巴，心里说，女人生孩子男人当然不痛。

两个人站在阳台上一时无语，好一阵子刘大宝又指着南边让吴美芳看。南边是二纺，紧挨着二纺是那一大片苏联楼，那苏联楼的岁数恐怕要比吴美芳都大，现在也要拆了，住户在秋天的时候都已经陆续搬走了，门窗都已被人卸掉，房顶上那个大水箱的盖子打开着，有七八只鸽子在上边落着。

"可惜那大水箱搬不下来，搬下来做个储藏室倒不错，能放许多东西。"刘大宝说。

吴美芳把脸转向那边，房顶上的那个大水箱真是不小，像间小房子。

"美芳你再看那边，我们农科所的那栋楼据说也要拆了重盖。"刘大宝又往北指了指，农科所就在大正偏街，马来亚的水产店也在这条街上。

"那家伙明天晚上想请咱们吃辣火锅嘎鱼。"刘大宝说。

"我不去。"吴美芳说。

"你不去他未必就能省下。"刘大宝说。

"别说吃饭，说能给咱们多少赔偿吧。"吴美芳说。

三

马来亚这天订的饭店就在平江边上，饭店老板是马来亚的同乡，在那里吃饭，马来亚可以多打一些折。晚上的饭局刘大宝一个人去了，回来的时候却比往日早得多，进门怒气冲冲，换鞋的时候弄出很大动静,"扑通"一只,"扑通"又一只,然后一头钻进连一平方米都不到的卫生间。刘大宝在里边一边小便一边说:"我一个活蹦乱跳的儿子难道就值他妈四万!简直是笑话!想不到马来亚这家伙打这种潲水主意!"

正在收拾厨房的吴美芳当即吃一惊:"怎么说?"

刘大宝的火儿一下子就冲了上来:"马来亚只想给四万。"

"那是我儿子的一条命!又不是别个什么可以随手就捞到的东西。"吴美芳说。

"说来说去还不怨你,让翔宝下去救人,现在这社会,别说江里,就是井里掉一个人下去,围一大堆人在那里看也不会有人下去搭一把手!偏你心里记着马来亚是你的师兄!"

"臭马来亚!"吴美芳一屁股坐下来,胸口那里已是一片波澜起伏。

刘大宝摇摇暖瓶:"他不说四万我这三十万还不好说出口,他既然敢把四万说出口,这三十万我跟他要定了,一分也不能少!"

"我翔宝在红领巾歌唱团唱歌那么好,谁见了不说是当明星的料子,要是当了明星,拍一个电影要多少钱。"吴美芳说,"就这个臭马来亚,还有资格当我的师兄。"

刘大宝把暖瓶往桌上一顿:"不说别的,养一个儿子,只说喝奶粉,一个月三大桶是多少钱?还不说当爸当妈的夜夜起来点灯熬油。"

吴美芳说:"再加一笔雇保姆的钱在里边,他知道不知道现在雇一个保姆要多少钱?"

"那我妈就是保姆啦?"刘大宝说。

"当然是,翔宝给你妈一看就是五年,你妈不是保姆又是什么?再说保姆也是人做的,我现在还不是天天给人做保姆?你看看我这双手。"吴美芳把自己的一双手伸出来,手上贴了不少白胶布。退休以来,吴美芳试着做过许多的事,卖过玉米,还开过一年多电梯，但后来她还是选定了做保姆。做保姆虽然辛苦，但相对也挣得多，从早上一进人家门就不停地洗洗涮涮，又是做粥，又是做汤，那一大堆屎尿布永远是你的，这一堆还没干，那一堆又堆在了那里。还要给小孩儿洗澡，又怕把小孩儿屁股给沤了，洗一次要拍一次粉，粉拍多了，这家的男主人那一次居然还问，一大盒粉怎么转眼就没了？吴美芳那天也没好气，说，"是我吃了！香喷喷的好吃！"那家男主人是报社的，脑袋比一般人好使，再说现在保姆不好找，一般人谁敢得罪保姆。那男主人笑一笑，马上把问题扯到自己身上，只说是自己就是闻不得痱子粉的味道，是过敏，鼻子不舒服，鼻子一不舒服晚上就睡不着觉。他还和吴美芳开了一个玩笑，说吴美芳果真会吃痱子粉他那里马上就去给吴美芳申请吉尼斯。

"马来亚这家伙简直是开他妈国际玩笑！"刘大宝说。

吴美芳拿支笔过来，又找了张纸，两口子又重新算了一下，一项一项加过来，再一项一项加过去，加得让人有点头大。刘大宝拍拍桌子对吴美芳说："根本就不用加来加去，现在出车祸丢条人命都得三十万，咱这事说到天边也不能和出车祸一个价，咱们得跟他要四十万！"刘大宝停停，又说："不过，你说马来亚到什么地方去找四十万？"

"你怎么不说说咱们到什么地方去再找个漂亮儿子回来？"吴美芳说。

刘大宝说："对，钱可以到处去找，儿子到什么地方去找？"

刘大宝去了厨房，开煤气烧水。

"就跟他要四十万！"刘大宝在厨房里说。

四

这天晚上，刘大宝和吴美芳都有些失眠。刘大宝和吴美芳现在睡觉都很轻，心里一有事就更睡不着。两个人翻过来翻过去，翻过去翻过来，时间一点点过去，横竖睡不着，刘大宝坐起来抽了好一阵子烟，外边不觉天已大亮，下边的 25 路公共汽车喇叭已经响成了一片，远处江上的汽笛也一声一声传过来。飞宝上学之前要吃早饭，吴美芳干脆不再睡，披头散发起来去做饭。厨房小，碰东碰西，叮叮光光，煮了粥，热了馒头，打发飞宝吃了去上学。看看墙上那块饭碗大的电子表，吴美芳也到了该走的时候，便忙着又去洗脸梳头，此刻突然有人在外边敲门。

刘大宝一步跨出卫生间，一边系裤子一边开了门。

站在外边的是刘大宝的父亲母亲。

"好家伙！"刘大宝说，"你俩儿也不告诉我一声，这么早？赶头趟车？"

"头趟车人少，我们就来了。"刘大宝的父亲说。

按照惯例，年年过年都是刘大宝先把过年的东西往乡下父母那里送一回，然后再回来过年。今年不一样了，刘大宝家里出了这样大的事，做父母的在乡下待不住，把家里的一摊子留给刘大宝的姐姐，他们就来了。刘大宝的母亲一进门就老泪横流，对刘大宝说要是我翔宝在，早就会跑过来问我长问我短，刘大宝的父亲一进门就忙着找地方去挂他的腊肉，在阳台上说："要是翔宝在，还用我踩着凳子够这个高。"

吴美芳忙把刘大宝一把拉到另一间屋关上门说话："这么大的事怎么不告诉我一声。"

"我也不知道他们要来。"刘大宝小声说。

"是不是要住在这里？"

刘大宝说："笑话，还能住到天上！还不是为了你，怕你今年过年难过他们才来。"

吴美芳说："过年还早呢，两间房怎么住？"

刘大宝说："我爸妈也是好意，挤一挤还不冷清。"

吴美芳说："你知道不知道我心烦，我就想一个人安安静静。"

刘大宝不愿让吴美芳为这事生气，把话放软了："不就是早来了几天，过年还是人多的好，再说那是我爸妈，我爸妈是想孙子想得心神不宁才这么早来了。"

吴美芳不好再说什么："那就算了，让他们住到初五。"

刘大宝叫了起来："他们把东西都带到这边，初五你就让他们走，剩下的年让他们回去怎么过？跟谁过？"

吴美芳说："到时候可不要说我不侍候，我做事那家只给我放五天假，过了初五我就得去对付那一大堆屎尿布，嫁你这种男人，我来例假两只手都得冷水里来冷水里去。"

刘大宝忍不住笑起来，小声说："有例假就有希望，不妨再生一个，我一搞一个准。"看吴美芳的脸色不对，马上把话题一转，说："笑话归笑话，就连那五天也不要你做事，有我妈呢，你好不容易在家里休息五天，你就摆开谱好好休息，现在离过年还有十多天，咱们明天就去找马来亚。"

"最少也得这个数儿！"刘大宝伸出四个手指。

五

马来亚这几年一直在搞水产品，和小舅子两个人早起晚睡，身上的鱼腥味走到哪儿臭到哪儿。连马来亚的大儿子马勇去上学，同学们都不愿和他坐一起，都嚷腥臭，老师来家访，说你们做家长的是怎么搞的？学生个人卫生是要注意的。马来亚的小店西边是一家小澡堂，再过去，就是"棒哥鸭脖店"，吴美芳和马来亚的师傅国字脸就在那家鸭脖店做事，再过去，是"老正泰"，再过去，又是一家卖粽子的。街不宽，两边又都是做买卖的，再过十多天就要过年，这里到处是人。吴美芳随刘大宝去找马来亚，马来亚正在帮顾客挑螃蟹，卖水产真是没什么好，又累人又腥臭，马来亚早想不做这一行了，但让他改行去做别的他又想不出自己能做什么，所以一直做到现在。

马来亚大老远看到吴美芳和刘大宝了，站起来招手："里边，里边。"

站在一边买蟹的顾客说："把那一只拿出来，把那一只拿出来，那是不是只死蟹？听说死蟹都会在你们手里动来动去，我可不要死蟹。"

"请便，请便。"马来亚说，"你自己挑，出门死了不能算我的。"

"夹不夹？"这个顾客说。

"你吃它还怕它夹。"马来亚说，把一把椅子给吴美芳"吱"地推过来。

吴美芳坐了下来，椅子旁边是张桌子，桌子上是一台秤，台秤很脏，马来亚平时就坐在这张桌子边给客人过秤收钱，钱放在桌子的两个抽屉里。从他这里找出的钱都有一股腥臭味。马来亚的店不大，地上都是一个又一个的方形塑料盆，里边是各种的鱼，鱼身上都压着些冰块，这样鱼就不容易早早坏掉，当地是放鱼的盆，两边又都是各种干货，鱼干虾干什么的，腥不腥臭不臭的。马来亚和吴美芳原先都在农机厂上班，厂子不景气，他们脑子活络，都早早提前内退，还拿到一笔钱。刚退那几年，马来亚没了事做就帮着一个朋友跑水货，后来就入了这个行，知道去什么地方接货，去什么地方弄冰，知道什么时候什么饭店会要什么鱼，哪怕是一条，马来亚也会骑着车子马上给送去。马来亚还常常把卖不掉的烂鱼烂虾拿来送吴美芳，刘大宝又最喜欢用这些臭鱼烂虾下酒，有时候马来亚还会和刘大宝在一起喝几盅，关系要比一般人好，要不是这样，吴美芳那天也不会要儿子下水去救马来亚的儿子。

吴美芳坐下来，看马来亚跳过来给顾客找钱，抽屉里，乱糟糟都是零钱。

"你来我心里就不打鼓了。"马来亚笑着对吴美芳说,"我马上就给你去取。"

"取什么?"吴美芳说。

"取那四万,大宝昨天没喝多吧?"马来亚说。

"当然没喝多,"刘大宝在一边把话接过来,"再滥喝还对得起我翔宝!"

马来亚迟疑了一下,心里有了事,用湿手点一支烟,对吴美芳说:"我知道四万是不多,但卖鱼卖虾确实挣不了多少。"说完这话,两眼看了一下刘大宝。

吴美芳说:"你别看他,他脸上没算盘,我一个儿子的命赔给你,不能那么便宜。"

"那你的意思?"马来亚说。

吴美芳说:"不妨把你那个数字再乘一下十。"

马来亚吃了一惊,大叫一声:"乖乖?"

"这个数,再乘以十!"吴美芳把四个手指伸出来。

"不会吧?"马来亚说,"吴美芳你也不看看风水,就这小店一年也挣不到五万,我要是能够挣一百万,我肯定马上会给你四十万,到时候六十万都行,可我到什么地方去挣四十万?"

吴美芳已经把那张纸从口袋里掏了出来,说:"现在街上撞死个人你知道不知道都要给三十万!精神损失费就不提了。"吴美芳回头看一下刘大宝,又对马来亚说:"你也知道翔宝出事后我公公婆婆住了多长时间医院,这笔钱我们也没有算在里边,你知道不知道钱可以买到许多东西,但就是买不到人命。"

马来亚接过那张纸,马上叫了起来,"你公婆看孩子都来这里要钱?"

"这话你算是说对了。"吴美芳说那是公婆的意思,他们一把屎一把尿把翔宝拉扯到五岁花多少心血,他们原指望孙子长大孝顺他们,这会儿孙子没了,他们当然要把这笔钱一是一二是二地算回来，就像是打麻将，既然赢不了，未必把底钱也都赔进去。

马来亚却突然笑了起来："你们两个又不是不知道我有多大能耐，我要有四十万我还来这里卖烂鱼臭虾？不要把事情变成这样好不好？"

"你说变成哪样好？"吴美芳说。

"你说的这个数，就怕我一辈子都挣不来。"马来亚说。

吴美芳说："这种事再拖下去也没什么意思了，我丢了一个儿子，可你两个都在。"

"你是对谁说话啊，你是对我啊。"马来亚点着自己鼻子说。

"当然是对你！我知道你是我师兄。"吴美芳说，"但我更知道我儿子是为了救你儿子把自己的一条命都没了，你知道不知道那是我儿子！"

"你还不知道我有几根筋？"马来亚说。

"我眼泪现在都没了，懒得跟你这个师兄说别的。"吴美芳站了起来。

看着刘大宝和吴美芳从小店里出去，马来亚都有跳起来的冲动。

这时有人进来买蟹腿，待在那里发愣的马来亚却把一盘皮皮虾推过来。那个顾客说老板你听明白没听明白，我是要蟹腿，蟹腿知道不知道？蟹腿——

"一条人命怎么就会要四十万？"马来亚突然对这个顾客说。

这个顾客给吓了一跳，看看马来亚，一下子从店里跳出去。

马来亚的小舅子正巧拉了一车包装带鱼回来，问马来亚："刚才那顾客怎么像是被狗咬了一样，跳出门就跑？是不是趁你不注意偷了什么东西？"

马来亚心里一团乱麻，说："吴美芳刚刚来过，想不到她会这样！"

　　马来亚的小舅子说："吴美芳什么意思？不是答应给她四万？"

　　马来亚说："倒不如她儿子不来救马勇！吴美芳要的是四十万！"

　　马来亚的小舅子在心里飞快地算了一下，说："姐夫你去对吴美芳说，问她同意不同意你去抢银行！"

　　"抢银行是以后的事！"马来亚说，"现在最重要的事是先别让你姐知道。"

　　马来亚的小舅子说："我的姐我知道，你放心，碰到这大事她肯定会站在你一边。"

　　马来亚说："恐怕这个年真没法过了。"

　　"找国字脸去说说？吴美芳好像是蛮听他的。"马来亚的小舅子说。

六

　　从马来亚那里出来，吴美芳去母亲家吃饭。

　　吴美芳昨天晚上已经安顿了飞宝要他放学就过到姥姥那边去。吴美芳的父亲以前是做教员的，退休已经多年，吴美芳的母亲是百货商店的售货员，现在给一家私人公司做兼职会计。这天是吴美芳老爸的生日，年年每到这一天全家都要在一起吃一顿饭。吴美芳给她老爸定了一块蛋糕，原来说好上边要有"生日愉快"四个字，想不到蛋糕上的字却弄成了"节日愉快"，要重新做还得好一阵子。"管它什么字，吃到肚子里横竖都是四个字。"刘大宝说，"你老爸也未必看，哪有那么多时间再等。"

　　已经过了十二点，饭菜早已端好，吹过生日蜡烛，一家人坐下来吃饭。

　　排骨汤端上来，吴美芳的母亲先给刘大宝舀一大碗，吴家就刘大宝这一个女婿，十多年过来对他还像对客人。吴美芳的母亲问了一句："马来亚那边的事怎么样？"

刘大宝嘴里已塞了一块排骨，含含糊糊地说："上午刚去过，正在解决。"

吴美芳的母亲把脸又掉向自己闺女："怎么个解决法，能给多少？"

"已经拖四个月了，也不在这一天。"吴美芳说。

"这种事还能再拖？拖到后来就怕拖黄了。"吴美芳的父亲吴老师说，"你们知道不知道什么是趁热打铁？这种事要趁热打铁。"

"给多少定了没有？"吴美芳的母亲又问。

"他们给多少我不管，我和大宝商量好了铁定跟他们要四十万！"吴美芳说。

吴美芳的老爸老妈当即有些发愣，吴老师停下筷子："四十万，是不是太多了？就那个马来亚，不是我小瞧他，他去什么地方弄四十万？他爸也不可能给他留下多少。"

"四十万还多？"吴美芳说，"那是我儿子的一条命，我儿子未必就只值四十万。"

吴老师说："我不是那个意思，钱这种事，就像是几个朋友在一起打麻将，你少赢几个还有人给你，你要是连坐七庄八庄赢大发了，到时候恐怕你连一分钱也摸不到。"

刘大宝一挺脖子把嘴里的一口饭咽下去："爸妈你们知道不知道现在街上撞死一个人最少也得给二十万？"

吴老师说："这种事倒没听过，撞死人还有规定？"

刘大宝说："当然有规定，撞死城里人是三十万，撞死乡下人是二十万。"

吴老师最听不得这话，一下子火了，一拍桌子，说："放他妈狗屁！乡下人的命就比城里人的贱？这是什么狗屁的规定！"

再说，吴老师看定了女儿女婿，说："翔宝的事又不是撞车，电视台和报纸都登了，你们都风光过了，你这时再向人家要四十万好不好交代？我不是说翔宝不值四十万，我那外孙给一百万也怕是没处去找，我是说就那个马来亚他去什么地方找四十万？况且他又和你是一个师傅。"见女儿和女婿不说话，吴老师又问：

"那个马来亚的意思呢？"

吴美芳说："马来亚只想给四万，哪有这么便宜的事！那是我儿子的一条命！"

吴美芳的母亲这时说了话，说她当会计的那家老板，最近买了两条金龙鱼："你们猜猜是多少钱？肯定你们加起来也猜不到。"

刘大宝不养鱼，自然不知道一条金龙鱼要多少钱，吴美芳对这从不感一点点兴趣，却忽然说："马来亚现在就是个卖鱼的。"

吴美芳的母亲一撇嘴，说："就那个马来亚，他卖一万条鱼也没人家一条值钱。"

吴老师说："我就不信一条敢跟一万条相比，你当了一辈子会计到底学过数学没有。"

"人家一条金龙鱼就六万！一尺半长，金闪闪就像是金子做的。"吴美芳母亲说。

吴老师火了起来，又一拍桌子，说："现在这社会不完蛋还等什么，居然有人花六万块钱买一条养来看的鱼！鱼再好看，能比吃饭重要？人要是饿了来两碗米饭就能解决问题，放一条金龙鱼在那里再金光闪闪我看也是个狗屁。"

刘大宝马上来了精神，说："人家买一条鱼都要花掉六万，你们二老说说你们的宝贝外孙把一条命搭在里边，要他四十万多不多？"

"你说他去哪里找四十万？"吴老师说。

"他兄弟给他个零头够他快活一辈子。"吴美芳说，"就他那个兄弟马来好,在北京炒房子一过手就是七八套,转手一炒鬼知道挣多少!"

吴美芳的父亲和母亲互相看看,忽然都没了话。

"有钱不孝顺还不如没有钱。"停了一会儿,吴美芳的母亲说起马来好来,"有钱不晓得把他母亲接过去,他父母还不是跟着他哥马来亚,还不是给马来亚看孩子做饭!马来亚的母亲打麻将的时候都带着马来亚的老二。自己光顾着看手里的牌,让一个五六岁孩子在街上到处乱跑。"

"看孩子就不要打麻将,打麻将就不要看孩子!"吴老师说。

"把孩子给这样人看真是让人不放心。"吴美芳的母亲说。

吴美芳忽然想起那天自己去买洗衣粉,看到马来亚的老二马强居然和几个比他大的孩子跑到了大至街,把商店门口的水泥扶手当滑梯玩,上来下去,上来下去好不危险,还是她把马强一路抱回去送给了马来亚的母亲。马来亚的母亲当时牌风正盛,一脸的不开心,说:"强强在那里天天打滑梯玩玩惯了,走不丢的。"

吴美芳心里想着事,把一块蛋糕切得七零八落。

飞宝拿了一块蛋糕吃着,忽然说:"咦,怎么是节日快乐?"

"你外公的生日是最重要的节日!"吴美芳说,"你怎么连这个都不知道。"

吴美芳的老爸吴老师却笑了起来:"好,我生日都变成节日了!"

"您的生日就是咱们家最重要的节日!"刘大宝说。

"你什么时候嘴学这么乖。"吴美芳说。

"只要你高兴我会要多乖有多乖。"刘大宝说。

"你不知道,我把四十万这个数说给马来亚时身上有多么舒服。"吴美芳对刘大宝说,"昨天晚上我还不知道该怎么开口,这种事,原来只要一说出去,身上硬像是舒服了许多。"

"四十万我看还真是有点多。"吴老师又说。

"现在的事,你知道什么?"吴美芳的母亲说。

吴老师又不高兴了,说:"我天天在看报!"

"报纸上有几句真话!"吴美芳的母亲说,"那上边恐怕只有日期可以相信!"

七

晚上,有人在外边"笃笃笃"敲门。

吴美芳嫌婆婆灶台擦得不干净,正在重新擦,她喊一声:"刘大宝!开门!"

刘大宝正在蹲厕所,他喊一声:"飞宝!去开门!"

飞宝正在写作业,说:"我有开门的时间一道题又做完了。"

刘大宝只好提起裤子去开门。

站在门外的是吴美芳的师傅国字脸,一只手提了三袋水果,一只手拿了一串钥匙。"国字脸"虽说是师傅,但比他的徒弟吴美芳还小两岁。他当年在农机厂带了两个徒弟,吴美芳之外就是马来亚。"国字脸"的日子现在很不好过,儿子要考初中,学习又不好,想上重点中学又要花一大笔钱。"国字脸"现在在大正街的鸭脖店做鸭脖,天天早上四点就得把鸭脖下锅,一直要干到上午十点钟。为了多挣些钱,晚上又揽了送货的事,哪家饭店要鸭脖他就马上去送。上午干五六个钟头,晚上再干五六个钟头,有时候送晚了干脆就不回家,在煮鸭脖的地方凑合睡一觉。这样忙来忙去一个月才挣一千多。马来亚不止一次对"国字脸"说:"与其你这样没日没夜给别人拼命,还不如自己开一个鸭脖店,租那屁大的门面也花不了多少钱。""国字脸"说倒不在乎钱多少,自己是没勇气:"一想到工商税务市政管理不但头痛连鸡巴都发胀。"马来亚听了这话就笑,说:"你头痛可以理解,你鸡巴发胀就不太好理解。"

"国字脸"从外边进来，朝厨房探一下头："你灶台上的油渍恐怕都有半吨重！"

吴美芳把抹布一掷，不擦了："想不到农机厂塌了想找点火碱都不行。"

"国字脸"说："擦它干啥，从窗子扔了它。"

"你来还买什么水果？发财了？"吴美芳说。

"国字脸"不必对吴美芳说谎，他说："这水果其实是马来亚花的钱。"

"马来亚？他搬你当救兵？"吴美芳说。

"只是不知道我能不能救他？说实在的，一个人混到离十米就能让人闻到他身上的臭鱼烂虾味儿也不容易。""国字脸"笑着说，"现在真是一代不如一代，老子是总工，儿子是个卖鱼郎！"

"现在谁容易，人人都不容易。"刘大宝在厨房里说。

"国字脸"朝另间屋看看，小声说："那是大宝的父母？今年过年在一起？"

刘大宝的父亲和母亲这时正在屋里看电视，飞宝在一旁写作业，写写看看，看看写写，电视里的光照得三个人的脸一晃一晃的，绿一下红一下。

"当然是他父母，我父母打死也不会来我家凑这个乱。"吴美芳小声说。

"也不错，有人给你做做饭。""国字脸"说。

"卫生间臭得都进不去人了。"吴美芳小声说。

"你拉屎不臭？是香的？废话！"刘大宝在厨房里说。

刘大宝从厨房把茶水端来："别人送的普洱茶，硬是像土的味道。"

"这年月有人送你泡屎也算是好事。""国字脸"笑着说。

吴美芳想知道马来亚那边说什么，便过去把那间屋的门关了，关好门，吴美芳忽然想起问"国字脸"吃了饭没有。

"国字脸"说："待会儿到我妹妹家吃。"

吴美芳说："厨房里有面，干脆给你下一碗？还有点腊肉？中午刚蒸好的。"

"国字脸"说："我妹妹也还没吃呢……"

"算了算了。"刘大宝在一边说，"一碗面你吴美芳也好意思请人吃，下次吧，不过现在吃饭也不算个问题，随处都可以解决，下边那家担担面就很好，现在什么都改革，担担面里还可以加一颗鸡蛋。"多少年来，刘大宝在心里一直怀疑"国字脸"和吴美芳的关系是不是太亲密了，所以每见到"国字脸"刘大宝心里就总是有那么点别扭。

"那我就不煮了。"吴美芳说。

"国字脸"说："马上就得走，老婆在家自己刷房子，还不知现在她累得能不能直起腰。"

吴美芳坐下来，说："马来亚是什么意思？"

"国字脸"不准备多待，就开门见山，说下午马来亚来找过他，还给了他一百，要他过来给说说情，大家毕竟师徒一场。"国字脸"喝了口茶水，说："好笑不好笑，马来亚还给了我个单子。""国字脸"把那张纸从口袋里掏了出来，看看吴美芳又看看刘大宝，但他还是把那张纸递到刘大宝手里，纸上密密麻麻写了些细账。主要内容是马来亚和李小榕天天都进多少货，什么鱼，进价多少钱，卖价多少钱，带鱼、黄鱼、白鱼、青鱼、梭子鱼、石斑、虾，这个虾那个虾，一个月能卖多少，一年卖了多少。

"想不到世上会有那么多种鱼。""国字脸"说，"你看像不像是进货单？"

刘大宝把那张纸递给吴美芳问："马来亚的意思是？"

"还能有什么意思？""国字脸"说，"现在想挣点钱谁都很难。"

吴美芳问"国字脸"："我一个活蹦乱跳的儿子你说值多少钱？"

"国字脸"原来还想劝劝吴美芳跟马来亚少要一些，这会儿他的主意变了，人命的事从来都不好说，谁敢说一条人命值多少钱？吴美芳的儿子翔宝救马来亚的儿子丢了命在这个城里是一大新闻，电视台也播，报纸也登。吴美芳和刘大宝什么时候上过电视？这件事很让他们在电视上风光了一下。马来亚说吴美芳这边一开口就要四十万的事着实让"国字脸"吃了一惊，但仔细一想又不怎么吃惊了，"国字脸"最近正在给儿子办重点中学的事，跑来跑去简直好像是给自己上了一课。"国字脸"儿子的学区在十六中，要是想去五中上学光择校费就得给五万，这五万还没把给个人的好处费算上。如算上好处费，光上一个中学就得七万。

"国字脸"对吴美芳说："我只管完成我的任务，这张纸我送来就是，别的我说不来。"

刘大宝说："建国你再喝水，我儿子一条命，跟他要四十万不多吧？"

"国字脸"看着刘大宝给茶杯里倒水，他不准备再说什么，但嘴里还是又说了一句："现在钱真是不值钱，我儿子上初中光择校费就他妈七万。"

"妈的！"刘大宝马上把话一接，"那四十万又算什么。"

"四十万多不多？"吴美芳说。

"那看怎么说。""国字脸"说。

"交警那边，现在压死一个糟老头子都要三十万。"吴美芳说。

"按说四十万也不多。""国字脸"说。

"那他搬你这个救兵做什么？马来亚这个王八蛋！"吴美芳说。

"国字脸"心里还是忍不住："你不知道李小榕这几天正和马

来亚闹别扭？"

　　吴美芳说："这又不是什么新闻，马来亚还不是李小榕的脏话马桶！"

　　"国字脸"想想还是没说，要是说出来，恐怕就更没意思。又喝一口水，"国字脸"还是管不住自己那张嘴："还能闹什么？还不是为了那四万。"

　　"四万李小榕还闹？嫌多还是嫌少？"刘大宝马上说。

　　"这还要问！""国字脸"说，"给别人钱还有嫌少的，傻×也未必这样！"

　　"四万李小榕还嫌多！"刘大宝几乎要跳起来，"她清楚不清楚老子要的是四十万！"

　　"那是我儿的一条命，我儿未必连个糟老头子都不如。"有两团火从吴美芳的眼里一下子跳了出来。

　　"国字脸"不再说话，他觉得自己此刻再说什么都不合适。"国字脸"在心里算了一下，就那四十万，马来亚如果一年收入四万得白干十年，一年收入五万得白干八年，一年收入八万也得白干五年！

　　"国字脸"把茶杯里的水喝干，告辞，下楼。

八

　　马来亚想不到吴美芳那边一点点都不肯通融，一口咬定了四十万。

　　马来亚的老婆李小榕为了那四万已经在家里闹了一星期，要在往常她还会闹下去，不但闹，也许还会适时地住几天医院。好像是习惯了，每到快过春节的时候她就要和马来亚生气，不如此好像就不过瘾，或者就再住几天医院。所以每到快过春节的时候马来亚心里就总是很紧张。那天马来亚一说从银行里取钱给吴美芳李小榕就跳了起来："吴美芳还想要什么？还想要什么？你说说她吴美芳还想要什么？上了一次电视又上一次，几乎把自己弄成了名人！还不说报社给她儿子评了一个'十佳少年'，那两万奖金她也拿到手了！她吴美芳还想要什么？一个人，未必想把天底下的好事都占全！"

李小榕的话其实就是张秋月的话，张秋月给李小榕出主意，说："四万虽说不多，但这种事你就是不能痛痛快快地给，你这边痛痛快快吴美芳那边就会得寸进尺，这种人，什么好处都想占，你偏偏不能让她痛痛快快占这个便宜！"

"话不能这么说。"马来亚说，"吴美芳儿子毕竟是为了救马勇才丢了一条命。"

"我也没说他没救啊？"李小榕说，"你说这话什么意思？"

"那就要知恩图报。"马来亚说。

"她让我随着去电视台我去没去？"李小榕又说。

马来亚说："你又要往什么地方扯？"

"报社记者采访我好话说没说？"李小榕说。

马来亚说："你什么意思？别又陈谷子烂芝麻一大堆，说我和她不清白？"

"那是你的事，你自己肚子里清楚，还有就是那张床清楚。"

"哪张床？"马来亚说。

"谁知道哪张床？"李小榕说。

"你给我说清楚是哪张床？"马来亚说。

"不说清楚又怎样？"李小榕说，"不是我和你生气，是我见不得吴美芳这种人，俗话说打了不罚，罚了不打，这句话可以有另一种说法，那就是要了脸面就别再要钱，要钱就别要脸面。"

"这才四万。"马来亚说。

"四万，你有几个四万！你老子又没开银行！"李小榕说。

"救了咱马勇的命，要了人家翔宝的命，四万还多？"马来亚说。

"你有几个四万？一百个？一千个？"李小榕大声说。

马来亚不想和李小榕斗嘴，他知道李小榕有本事把事越搅越大，马来亚说："人家为救咱们儿子一命，还把命贴上了，你说该不该表示吧？"

李小榕眼睛一眨，看定了马来亚："是吴美芳那边硬要还是你要主动给？"

马来亚说："这种事，人家不要会主动退回来，但你不能不给。"

"呸！还能给你退回来，还是你想给。"李小榕认定了是马来亚要主动给，她这么一认定，火气又就跟着上来，脸色一下子就变得很难看，恶毒话跟着就来。李小榕说："还是你这个水产老板大方，但你要大方到点子上来，我弟弟怎么说也是给你打工，一个月你给他两千块钱多不多？你怎么不想想给他加一点薪？你一个月再给他加一千块也不过是一年一万多一点！告诉你，你大方也要大方到我这个点子上！不能大方到吴美芳那个点子上去，未必她那个点子就比我这个点子好。"

"哪个点子？什么点子？"马来亚说。

"谁知道哪个点子，你还不知道哪个点子？"李小榕说。

马来亚想笑，说："刘大宝这几天连着打电话，话里话外那个的意思谁还听不出？年前就要，少了都不行。"

"他怎么说，你一句一句告诉我。"李小榕说，"我看看首先是不是你脑子出了毛病？"

"咱得一条命，人家丢一条命，你到处去问问，四万多还是少？"马来亚说。

李小榕叫起来："把我给了他够不够？我照样给他生一个，也许比他那个都好！"

马来亚笑出来，是苦笑，他这张嘴从来都说不过李小榕。

九

马来亚说不过李小榕,他最怕李小榕那张嘴,为这事,马来亚去找李小榕的哥哥李小猛,李小榕最听她哥哥的话。李小猛在顺城街那边开了两家棋牌室,年头岁尾生意萧条,整天闲着没事养水仙,水仙养得好,还不到春节却都早早开掉,让人觉得有些着三不着四。李小猛为人虽然有些歪,但还算通情达理,妹夫来找他,他不能看着不管,他打电话让妹妹李小榕来棋牌室一趟。

"什么事要我去。"李小榕说,"就你那个棋牌室要冻死人。"

"冻不死的,新安的空调好得很。"李小猛说,"你是我妹,我未必连我妹都叫不动?"

"又是马来亚搬你这个救兵!"李小榕说,"我是心疼他,辛辛苦苦挣多长时间才能挣四万,你不知道马来亚卖鱼卖虾多辛苦,一双手都烂了。"

李小猛说:"你先过来,过来再说,看看我的水仙。"

李小榕打了出租车去顺城街,一进棋牌室就忍不住大笑,棋牌室里那七八盆水仙早已开得七零八落。"你是不是早早把年过了,你看看你这水仙像不像歌厅里的老小姐,看都没人看。"李小榕说。

李小猛也笑,说:"未必养水仙就非要它在春节开,我这也算是领先一步,怎么样,谁规定不让我领先?"

李小猛和妹妹李小榕说说笑笑,然后才把话转到正题上。李小猛对妹妹说:"人家吴美芳的儿子为救你儿子连命都搭在里边,你还想要咋样?你到交警那里问问,现在撞死个人要多少钱?就上个星期,周小东的棋牌室有个老头打牌摸到一条龙兴奋过头一下子当场死掉,周小东还不是一下子赔人家十万?那老头死不死又跟他有多少关系?自己打牌兴奋死掉都要十万赔偿何况这种事？"

"你这才是四万，怕连别人的零头都不够。"

李小榕眨眨眼忽然笑了起来，一下子想到马来亚的老妈，天天在那里打牌，但她千万可不能现在就死掉，毕竟老二强强还要她来看。

李小猛问妹妹笑什么，李小榕笑而不答，李小猛点着妹妹的鼻子说："说实话，你就不是个省油的灯，马来亚人说来还不错，上次我棋牌室里打架要不是他出手我还说不清是挨几刀，就看他替我胳膊上挨那一刀的事，你也不能跟他无理取闹。"

"他好不好我还不知道？"李小榕说，"我是笑你说的那老头给自己找了个好死，还给儿女挣了最后一笔大钱。上年纪人有这样的死法算是一件大好事，总比在床上躺一年半载把屁股烂掉好。马来亚的老妈也整天在那里打牌，打到一定时候也这样一下子死掉最好，到时候她不难受我也不受累还挣一大笔钱。"

李小猛说："我都知道你心里在想什么。一定时候？什么一定时候，恐怕要到马强长大？你想什么你以为我猜不到，但最好不要再死到棋牌室，要知道你哥是开棋牌室的，要那样谁还敢来棋牌室，要死最好死在老头老太太跳舞的公园露天舞厅。"

"马来亚他老妈又不会跳舞。"李小榕说。

李小猛说："这倒是个难题，不喜欢跳舞你给她发工资她都不肯去。"李小猛忽然把话说到马来好的身上，说，"你那小叔子说实在的真是个天字号大浑蛋，挣那么多钱也不懂让他老爸老妈去享福，这种人到死都不得人们说个好字。"李小榕也听不得人们说她的小叔子，一说便来气，李小榕想让马来好把自己的哥哥弄过去跟他一起做跑煤的生意，这事说了好长时间，马来好根本就不睬。马来好其实对自己父母很好，给他们买房子他们不去住，说住不惯那种小区，给他们钱他们倒是收下，都一笔笔存了起来，平时连一分一毛都不舍得往出拿。最可气的是马来亚，再穷也都不肯向他兄弟张口。

"吴美芳那边的事你不要太让马来亚为难，这钱你肯定得给。"李小猛说，"如果是你呢，如果是你儿子救人没了命，我看你一百万都敢开口要。"

李小榕说确实如此，但一想这钱是要给吴美芳她心里就不高兴："人们都说她和马来亚在一个厂子上班的时候好得了不得。"

"就是上过床又有什么了不起？还不是那老一套，又没什么新花样。"李小猛说，"再说你未必就是个淑女，真有那事你又能咋样，马来亚人挺好，有你这厉害，我看他不敢做那事。"

"吓死他，敢做这种事！"李小榕说。

"再怎么说你公公当年也有头有脸，不可给他丢人，你识相点，那是你儿子的爷爷。"李小猛说。

李小榕被她哥说通了，心里想想也是，要不是吴美芳的翔宝下水救自己的马勇，马勇早就没了命，是吴美芳的儿子把命给了自己的儿子。虽然想通了，但她还在那里憋着，她已经习惯马来亚给她说好话。快过年了，李小榕和两个儿子在家里说说笑笑，但只要马来亚一回来，李小榕的一张脸马上就放下来。

马来亚没了主意，原先以为四万可以把吴美芳那边摆平，想不到吴美芳开口就是四十万。这几天，马来亚一直闷着不说话，不知道该怎么对李小榕说。他知道李小榕的脾气，想说的时候她自然会找你说，她不找你你找她只会把事情搞得更糟。在心里，他更恨吴美芳，想不到她会这样，还是不是老农机的人！还是不是师兄妹！

"我问你，是不是她吴美芳自己叫他儿子下水救人的？"这天，李小榕忽然开口问马来亚。

正在吃饭的马来亚抬起头说："是呀，什么意思？"

连李小榕自己也不知道自己突然问这句话的意思。

"又没人强迫她！那是她自己愿意。"李小榕又来了一句。

马来亚好像给什么呛了一下，脖子顿时憋得老红。

"你这么说话怎么好像连一点点人味儿都没有。"马来亚说。

李小榕愣了一下，她不知道马来亚是从什么地方借来的胆子，竟敢这样和她说话。她一下子跳到马来亚的眼前，伸出手，指着马来亚的鼻子，但马来亚的目光让她忽然在心里怯了一下。

"你以后少当着孩子说这种话！"马来亚丢下碗，去了另一间屋。

李小榕也马上跟到了另一间屋，李小榕把门从里边一关，说："你马来亚是不是要反了，吴美芳对你就那么重要！"想不到马来亚一转身也大声起来，而且声音比她都大，马来亚知道是该把那事说出来的时候了。

"你以为你是谁？你以为四万就能了结这件事？现在街上压死个乡下老头儿都得二十万！你还以为你是谁？"

李小榕听出了马来亚的话里有话：

"什么二十万三十万？马来亚你给我说清楚！"

"说清楚就说清楚，这几天我正要跟你说，我告诉你，不但是你没人味儿，现在的人都没一点点人味儿！"马来亚说，"你别以为你那四万能把事情摆平了，吴美芳比你还更没有人味儿！告诉你，那四万连个零头都不是，吴美芳现在一开口就是四十万！"

李小榕厉声笑了一下，但她马上停止了笑，张大了嘴：

"就她儿子那条命，她要四十万！"

"对，一个不能少，四十万！"马来亚说。

"这个臭吴美芳疯了！"李小榕说，"她怎么不去抢银行！怎么不去做春梦！"

"我看倒是我该去抢银行。"马来亚说。

李小榕坐下来,看着马来亚,不再说话。李小榕的聪明就在这里,她知道什么时候该闹事,什么时候不该闹。关于这一点,她的好朋友张秋月也时时提醒她,她明白此时不再是闹事的时候,出了这样的事,她必须和马来亚团结一致才对,要是她在这种时候不能和马来亚团结在一起,那还怎么对付吴美芳。

"你不胡说吧,她敢要四十万?"李小榕说。

"现在压死个糟老头想摆平都得三十万。"马来亚说。

"你是不是想给吴美芳四十万?"李小榕问马来亚。

"我就是想也没用!我去什么地方搞四十万?"马来亚说。

"你就是有也不应该这么想!"李小榕说。

"我当然不会这么想。"马来亚说。

马来亚想想也是,自己如果真有一百万,会不会给吴美芳四十万?马来亚在心里已经回答了自己,不会!在这一点上,他不知不觉已经和李小榕保持了高度一致。马来亚已经想过了,如果自己到处去借,借四十万给吴美芳,那么,今后等待着自己的日子便永远是穷人的日子。到那时,不但是自己要过穷人的日子,自己的老婆和孩子都要过穷人的日子,马来亚已经在心里细细算过,自己要想挣四十万,要苦苦干八到九年而且还必须不吃不喝才能把这笔钱攒够。马来亚已经把这事想清楚了,但他就是没有把对付吴美芳的主意给想出来。

"你听我的,我有主意。"李小榕忽然说。

"你几时有过个主意?"马来亚不知道李小榕有什么主意。

"就不信这个吴美芳还能飞到天上去!"李小榕说自己有主意,其实她的主意是前几天张秋月给她出的,只不过,她当时觉得张秋月出的主意有些过分,当时还以为吴美芳那边只不过是四万的事,想不到现在那四万一下子要变成四十万,既然四万要变成四十万,那么她觉得张秋月给她出的主意也就不过分了。张秋月给李小榕出的主意就是要吴美芳把市里给她的两万奖金退回去，光这样做还不行，还要再把市里给翔宝的"十佳少年"的称号也退回去，然后，四万才能交给她。这个主意出得很狠，一下子就可以把吴美芳将死在那里。那两万块钱的奖金就是吴美芳想退也恐怕退不了，更不用说"十佳少年"的称号，岂是能让人胡来的。张秋月一出这主意，李小榕当即拍手叫好。

马来亚想知道李小榕有什么主意："是不是把钱分期给她？"

"你真是衰货！"李小榕说，"有什么主意我未必现在就告诉你，我只是叫她吴美芳从此不再张这个臭嘴就是，"李小榕反过来问马来亚，"这种事，你怎么不找你兄弟来好出出主意？"

马来亚也想去找兄弟来好，但一想当初来好想跟他借八百块钱他都不肯就没了勇气，当时也是怨李小榕，区区八百块攥在手里就是不肯借。这几天他把能想到的都想到了，他已经做好最坏的打算，那就是卖房子。自己没房子住，再欠下一屁股债，到时候来好未必眼睁睁坐在那里不管。心里这样想，嘴上却对李小榕说："钱的事我不能找我兄弟，当年八百块你都不肯借我还有什么脸去找他？"

"我未必是要你向他去要钱。"李小榕说。

"那你叫我去做什么？"马来亚说。

"让你兄弟给你出个主意，看看他有什么好主意。"李小榕说，"你兄弟经过的事比你见过的都多，你去向他讨个主意。你弟弟怎么说都是成功人士。"

"主意再多有什么用，吴美芳这回恐怕是真疯了。"马来亚说。

李小榕在鼻子里笑了一声："你别担心她！我早就给她准备了一大盆冷水好让她清醒清醒！这盆冷水只要我一浇她马上就会清醒！马上再不会说'四十万'这三个字。"

"别把事闹大了。"马来亚说。

"怕事就别当男人！"李小榕说，"你别就只知道下边硬，上边也硬一下。"

"我怕事，你来！"马来亚说。

"当然是我来，你给我靠边，四十万可以答应，但有一个条件。"李小榕说。

马来亚叫了起来："你哪来的四十万？"

"你别管。"李小榕说。

"什么条件？"马来亚说。

"什么条件你不必知道，我要亲口对吴美芳说。"李小榕说，"你只须让国字脸把话传给吴美芳，就说咱们答应四十万，但有一个条件。"

"你哪来的四十万？"马来亚又说，"这可不是开玩笑，我老子那边没钱，就是有，也未必肯给，我老子那性格你不是不知道。"

"再说一次，是什么条件我未必告诉你！"李小榕说。

"到时候你怎么办？"马来亚说。

"你只管去说。"李小榕说，"到时候别说四十万，恐怕她吴美芳连四万也摸不到。"

天已黑了，马来亚满面愁苦地去找"国字脸"。马来亚忽然觉得这件事一下子变得好像不太真实，他知道无论是什么条件，那四十万李小榕肯定是拿不出来，但李小榕的样子是胸有成竹，李小榕对马来亚说："我让你怎么说你就怎么说，别的事你少管。"马来亚不清楚李小榕怎么敢答应给四十万，让他更不清楚的是李小榕会给吴美芳出个什么条件，但无论马来亚怎么问李小榕就是不说。临出门，李小榕又对马来亚说："见了'国字脸'多一句话都不许说，只说答应给吴美芳四十万，只要她能把那个条件办到，说错一个字，倒霉的是你自己！"

"倒不如那时别让她儿子救马勇，淹死算了！"马来亚说。

"你放屁！"李小榕说，"你儿子难道不姓马！"

"你才放屁！要在旧社会你的名字前还不是也要再加个马字，知道不知道连你都得叫'马李小榕'！"

晚上很少有人给吴美芳家来电话，即使有也是找刘大宝。

这几天，因为刘大宝的父母亲在，吴美芳一下子轻松许多，回家就有现成饭可吃，热的是热的，凉的是凉的，刚腊好的腊肉切片放在米饭上蒸，米饭都香得不得了。但吴美芳是那种自己做什么都好，别人做什么都看着不顺眼的人。吃过饭，总是刘大宝的母亲赶着去洗碗，吴美芳先是站在一边看，看得刘大宝母亲好不自在。等刘大宝的母亲把厨房收拾完，吴美芳会动手把刘大宝母亲收拾过的碗筷再重新洗一下收拾一下。刘大宝这天把吴美芳拉到屋里小声对吴美芳说："你这么做不是成心给我母亲难看？她刚收拾完，你再重收拾一下，还不是对她的否定？"吴美芳说："就你妈那两只手还怕被否定？她洗过的碗恐怕比没洗过的还要脏，上边都是油腻，干净不干净我倒不怕，我现在只剩下一个飞宝，我没得别的指望，只指望他身体没病。"

"病从口入你知道不知道？"吴美芳说。刘大宝说："你小点儿声好不好？我爸我妈又不是个聋子！"

吴美芳在厨房里没听到电话响，刘大宝大喊一声："吴美芳，'国字脸'电话！"

吴美芳从厨房出来接电话，一双手湿漉漉的，她正在洗鱼。

"我什么时候已经成了你们的传话筒。"这是"国字脸"在电话里的第一句话。

吴美芳说："你们？你们是谁？分这么清？怕你妈你爸剃光

头游街?"

"你们就是你和马来亚,还会有谁。""国字脸"说。

"呸,别提马来亚!"吴美芳说,"什么事?"

"这次可不是什么屁事,这次恐怕是天大的好事,马来亚这个人真是不能让人小瞧。""国字脸"说,"想不到他能量还蛮大,太大了!"

吴美芳脑子忽然一亮:"他找你啦?"

"我看你这次是不是要少了?""国字脸"说。

"什么要少了,你把话说全了。"吴美芳心里"怦怦"乱跳起来。

"你还不知道什么要少了?""国字脸"说,"马来亚刚刚从我这里离开。"

"你还是这个烂毛病,你要说什么就快说,你说话就像新媳妇放屁!像你这种人还配给我当师傅?"吴美芳说。

"国字脸"就在电话里笑了起来,说:"你不必急,其实我比你还急,马来亚从我这里出去顶多两分钟我就给你打电话。你说马来亚有钱还是没钱,他居然答应一下给你四十万。"

"答应给四十万!"

电话在吴美芳手里抖了起来。从翔宝出事到现在,吴美芳一直都像是在梦里生活,别人说什么,自己想什么都朦朦胧胧的,都像不是那么真实,只有在这一刻,一切都好像因为"四十万"一下子变得明亮起来。四十万是她想都不敢想的数字,是天文数字。因为她想都不敢想,所以她那天才敢于对着马来亚把话说出来。

"'国字脸'!"吴美芳说,"你要是开玩笑你就该千刀万剐!"

"马来亚真答应要给你四十万,不过他有一个条件。"

"果真给四十万,十个条件我也不怕。"吴美芳说,"马来亚那边是什么条件?你说,还能把我吓死!"

"不知道。""国字脸"在电话里说他也不知道是什么条件。

吴美芳是个急性子："你要是再不说我就要骂出来。"

"国字脸"在电话里说他真的不知道："马来亚说那个条件是他老婆李小榕掌握着，连马来亚都不知道，要想知道就得你和李小榕见一面，李小榕会亲自告诉你。"

刘大宝不去厕所了，一边系裤子一边忙凑过来，一呼一吸吹得吴美芳脖子发痒，吴美芳推他一下。

"'国字脸'你找死啊，放着话不好好说。"吴美芳说，"到底是什么条件。"

"四十万？答应了？是不是四十万？"刘大宝连连在一旁小声问。

吴美芳又推一下刘大宝，对电话那边的"国字脸"说："他到底什么条件？"

"国字脸"真不知道马来亚那边是什么条件，"国字脸"说不但是自己不知道连马来亚也不知道："马来亚这人很少说谎，也不会说谎，马总就这点成功，培养的儿子不会说谎。"

"真答应给四十万，你没听错吧？"吴美芳对"国字脸"说。

"国字脸"说："这种事岂敢听错！总之是你一下子就阔气了，四十万可不是个小数字！"

"八字还没一撇，你千万不能对别人说。"吴美芳说。

"我明天就去报社。""国字脸"说，"就是不知道这样的消息报纸给不给发。"

接完"国字脸"的电话，吴美芳和刘大宝的兴奋可想而知。厨房里剩下的鱼吴美芳无心再洗，扔给婆婆去收拾，她和刘大宝坐下，灯也不开地猜了老半天，但怎么也猜不出那个条件到底会是什么。

"咱们是不是真要少了？要不他们怎么会如此爽快？"刘大

宝说。

"四十万不少吧？四十万还少？"吴美芳说。

刘大宝说："我觉得也不少。"

"就是少，现在反悔恐怕也晚了。"吴美芳说。

"到时候，钱拿到手你就别再出去了，可以在家里睡睡懒觉。"刘大宝开始设想。

吴美芳最喜欢睡懒觉了，刚结婚那会儿有时候会一下子睡到十一点，把整个人睡得红是红白是白，厂里的人那时候送吴美芳个绰号叫她"睡美人"，说吴美芳只要一睡觉，人就会马上漂亮得像杨贵妃。

"以后如果搬到新房子你就在阳台上种种菜。"刘大宝又说。

"别人不笑话咱们我老爸也要把咱们笑话死。"吴美芳说，"种种菊花兰花还差不多。"

"在阳台上种花多可惜。"刘大宝说。

"种花是可惜，种菜是可笑，那咱们就什么也不种，到时候咱们坐在阳台上喝喝茶。"吴美芳说，"我做事那家人，两口子下午总在阳台上喝茶吃老正泰。"

"要不明天咱们再去看看房子？那边的阳台也老大，到时候咱们也可以在上边喝茶吃老正泰！"刘大宝忽然说。

"房子有什么好看？"吴美芳说，"把四十万搞定再说。"

"这种事到了这地步急反而不好，这种事，你越沉得住气胜利的机会才会越多，到时候也许还可以多要五万十万。"刘大宝说。

"我跟你说过马来亚这人挺好你还不信，这回你信了吧。"吴美芳说。

"钱到手我才敢信，这会儿说什么都早。"刘大宝说，"谁知道他有什么条件？"

"要不，我让我爸也跟着去看看房子。"吴美芳说，"我爸当老师一辈子就落了一个好处那就是学生多熟人多，也许找到熟人房价会更便宜一些。"

"飞宝也放了假，不如我爸我妈也都去，和你爸你妈中午在一起吃一顿饭好不好？"刘大宝说，"我爸妈和你爸妈还没见面呢？明天请他们吃棒棒鸭脖庆祝庆祝。"

吴美芳说："庆祝什么？这时候庆祝还太早，只可怜我翔宝不在。"

刘大宝说："你怎么又说起他，你一定要学会忘记，要想活得好就要学会忘记。"

吴美芳说你们男人果真个个都是王八蛋，什么事都可以忘记！

"四十万是不是真要少了？"刘大宝又说。

"有本事的人能把死钱变活，没本事的人只能把活钱变死。"吴美芳说。

刘大宝说："你什么意思？"

"咱们也开个鸭脖店，到时候保证布什也会跑来吃。"吴美芳说。

刘大宝心想这主意不错，到时候可以让自己老爸老妈去下夜。

"就是到时候你那个师傅'国字脸'不要进来乱掺和。"刘大宝说。

"你有没有弄错！"吴美芳一下子跳起来，"你以为他是我奸夫啊！他是我师傅！他是为你服务，为你传递消息！为你跑腿！打电话是要交费的你知道不知道？"吴美芳说，"他要是我奸夫也在你前头，你气死也没办法！"

"你再说什么我也不会生气。"刘大宝说，"我什么时候一下子有过四十万？今天是我最高兴的日子！"刘大宝拍拍屁股，"一高兴，这地方都好轻松。"

十二

　　吴美芳一家子人去看房子，看罢房子中午在"老天地春"吃饭。

　　吴美芳的父亲选定了"老天地春"，说那里的老板是他学生。吴美芳一家子进了饭店，吴老师对服务员说，"叫你们老板过来一下。""老天地春"的张老板还真是吴美芳父亲的学生。经服务员一叫，张老板果然露了面，先是在那边朝这边一望，然后马上就"吴老师吴老师"地叫着跑了过来，连说："我早就有意请吴老师过来坐坐，今天正好，算我请客。"一边把服务员喊过来，说，"吴老师岂能坐散座，你马上去安排一个雅间，今天的饭菜不许收费算是我孝敬我老师。"吴美芳的父亲马上说："我们是来随便吃一口，不必麻烦你。"张老板说："吴老师看您说到哪去了，您来了我岂敢随便，还不让同学们骂死我，骂我当年白当他们的班长。再说美芳现在是咱们这地方的大名人，能把美芳请到也不容易。"

　　"她的事情你居然也知道？"吴老师脸上顿时一亮，当一辈子教员，没一件事能够让吴老师夸嘴，虽说失去了一个外孙，但这件事让他面子上很有光彩，老同事们见了面都夸他培养了个好女儿。

　　"现在谁不看电视，不看电视也会找张报纸看看。"张老板说，"这种事，在咱们这地方一百年也许才会出一次，我都恨不得把美芳请过来做形象大使。"

　　"就我这样子？"吴美芳说，"恐怕当保姆也快没人要了。"

　　"你这样子怎么啦？咱们这地方要说形象好一时还真找不出比你更好的，让自己的儿子下水去救别人的儿子，光这一点我敢说就光芒万丈。"张老板说。

"是的，是的。"吴老师满脸都要放出光来。

"不是光芒万丈也是光芒千丈！"张老板又说。

"换个人也会这样。"吴美芳这句话在电视台已经说过好多次了，但每次都很软弱无力。

"也未必。"张老板说，"夏天的时候门口那个下水口井里掉进个人就没人管。"

"一个大活人，能掉井里？是不是癫痫？"吴老师说。

"那天下大雨，这人骑了车奔命地骑，一下子就掉进去了。"张老板说，"不过当时要是救也白救，人一下去就给水淹没了，后来还是在河那边找到的人，人给冲到河里了，从下水井一直冲到了河里，脸都烂了。"

"自行车呢？"吴老师问。

张老板说："自行车自然掉不进去。"

"井盖呢？"吴老师说。

"早被人偷走卖了生铁。"张老板说，"现在世风日下，放一个偷一个，放一个偷一个。"

吴老师生起气来："现在的人怎么连一点点道德都没有。"

"下岗人太多，个个都要吃饭。"刘大宝说，"别说这种事，乡下连牛都要偷，在墙上挖一个大洞把牛从洞里给弄出去。"

吴老师说："还有这事？连牛都偷？那么大的家伙，又不是鸡和狗。"

刘大宝的父亲在一边开了口，说："村里牛马驴骡都被人偷，这种事越过年越厉害，偷猪就更不用说了，家里养猪的人到了这几天夜夜都睡不好，要拿着棍子轮流给猪下夜。"

"猪就不会叫？"吴老师说。

"给猪吃东西，东西里放了药，猪到时候只会睡大觉。"刘大宝的父亲说。

吴老师又说："现在的人坏得出奇，却连一点点道德都不要！"

刘大宝说："饭都没得吃还道什么德，饭比道德重要！"

"像美芳这样的人现在是太少了。"张老板说，"毕竟家庭出身不一样，像我老子是个烧锅炉的，我只好来开饭店，不过也算是一个进步，从火头到灶头。"

"话不能这样说。"吴老师当即笑起来，"教员再不好也还是教员。"

"所以说教员不是人人都能够做的。"张老板站起来敬酒，先敬了吴老师，然后又特地敬了一杯酒给吴美芳。给吴美芳敬酒的时候张老板说了句人们听来都觉得很耳熟的话，"人都有一个死，有的人重于泰山，有的人轻于鸿毛，你儿子就重于泰山！"

张老板敬完酒又去应酬别人，好半天，吴美芳才想起来他刚才说的那句话是谁讲过的。

"我儿可不就是重于泰山！"吴美芳说。

"小小岁数重于泰山也真不容易，翔宝的事是给你增了大光。"吴老师喝了酒，说话有点着三不着四。

吴美芳不好说什么，"增光"这两个字虽有些刺耳又不好反驳。吴美芳不好说她爸说得不对，她打断了老爸的话开始说房子，说还想看看临街的房子："现在社会靠谁都不行，开个小店比什么都牢靠。"

"就怕到时候屁股后边跟一大堆工商税务麻烦死。"吴老师对女儿说。

吴美芳说："到时候我就说是你的女儿，在这条街上十个人里边有一个不敢说，一百个人里边肯定会有一个是您的学生，我怕什么？"吴美芳说。

"你开什么店？"吴老师问女儿。

"棒棒鸭脖。"吴美芳说。

"到时候我给你去卖鸭脖，学生个个都会跑过来照顾你生意。"吴老师说。

"那还不好，"吴美芳说，"那您就是最好的招牌，索性就叫'吴老师鸭脖'好了。"

"我只是跟你开玩笑，我卖鸭脖，还不丢尽教员们的脸！"

"到时候开了店，爸妈你们就可以去店里看看店，连住的地方都有了。"吴美芳那边说吴美芳的，刘大宝这边说刘大宝的，刘大宝对他的父母说："还回乡下去做什么？地都没了，这下好了。"

"开店是要钱的，到哪去找那些钱？"刘大宝的父亲说。

刘大宝也是喝了酒，对他爸说："就那个马来亚，翔宝救他儿子一命的那个马来亚，就他，答应一下子给四十万。"

刘大宝的父亲和母亲显然是给这四十万吓了一跳，面面相觑，刘大宝的母亲忽然有了哭腔，"我还是没白疼翔宝一场，翔宝跟我五年从来都没有病过，从来都没饿过，从来都没有哭过，从来……"

吴美芳在桌子下踢一下刘大宝："八字没一撇，你胡说什么？"

刘大宝这边说的话吴美芳的父亲当然听到了，他把脸掉向这边，忽然大发感慨："什么是深明大义，这就是深明大义！马来亚这个人原来深明大义！"说完这句话，吴美芳的父亲忽然又清醒了，问吴美芳：

"他一个卖鱼的哪来的四十万？"

"现在这社会，谁挣多少钱，怎么挣的钱谁都不会知道，你也不用问，问也白问。"吴美芳的母亲用一根筷子头给外孙飞宝捅骨棒里的骨髓，一边捅一边说，"就那个马来亚，明里你看他是个卖鱼的，暗里谁知道他是做什么的。他给钱，你拿就是，什么也别问，你也更别操心他的钱是从什么地方来的。"吴美芳的母亲对自己老头子说，"真正能弄到大钱的没一个像是能弄到大钱的！看上去像是有钱的人往往是穷光蛋，也许还会欠别人一屁股烂账。"

吴美芳忽然觉得自己的母亲真是有那么几分伟大。说实话，吴美芳一直在心里很佩服自己的母亲，像她这么大岁数还能给别人打工做会计的确实不多。

刘大宝忽然小声对吴美芳说："你说马来亚的那个条件是什么？是不是不让咱们把四十万的事说出去？要是这样就坏了，咱们已经说出去了。"

吴美芳的脑子向来都很好使："要是那样的话他还会要'国字脸'传这个话？你以为是三四岁孩子玩摆家家，那还能算个条件？你是不是弱智？"话虽这样说，吴美芳也猜不出马来亚那边会有什么条件，到此时，吴美芳心里倒有些不忍，多多少少觉得有些对不住马来亚，尤其是自己那天对马来亚说话的态度。

服务员端上水果来，是张老板免费赠送，大家纷纷吃水果。

"我刚才在心里算了一下，你妈这一辈子加起来都没挣到四十万。"吴美芳的爸爸说。

"你怎么不算算你自己？"吴美芳的母亲说，"听你这口气你是不是已经挣了八十万？"

"我的价值岂能用金钱来衡量！"吴老师现在是动不动就要发脾气，"国家给教师过教师节，谁听过有会计节？美国也没有！"

刘大宝在桌子下碰了碰吴美芳。吴美芳瞪他一眼。

"四十万，真想不到。"吴美芳的父亲忽然又感慨地说，"教员再崇高又有什么屁用？一个烂卖鱼的都可以一下子拿出四十万！"

吴美芳的母亲问自己女儿："四十万说好了什么时候给？"

"还没定。"吴美芳说。

"这种事可不能拖，小心夜长梦多。"吴美芳的母亲对女儿说，"还有就是到时候要去银行取现，这边取，那边就手就存，存银行比放在家里好，在银行取现还有个好处就是不会有假钞。"

"妈说得好,这种事不能拖。"刘大宝在一边对吴美芳说。

"开鸭脖店?城里鸭子不多吧?"刘大宝的母亲忽然在一旁小心翼翼问了一句。

一句话逗得大家哄堂大笑起来。

十三

俗话说人不能高兴过头,这天吴美芳就出了点事。

吴美芳这几天是特别的忙,给人当保姆就这样,越到过节越忙,又是洗又是擦,窗帘床单桌布椅套都要一一扯下来洗过,厨房里的烹炸煎炒也要做。在别人家忙完,回到自己家还要忙,其实吴美芳大可以不忙,家里的事刘大宝的母亲都给做了,但吴美芳就是觉得婆婆做得不好,她要再重新来做。这连刘大宝都看不下眼,对她小声说:"我妈未必连玻璃都不会擦?她刚刚擦过,你再擦一遍算什么?"说这话时吴美芳正搬了凳子要擦玻璃,其实她还没擦,才往凳子上一站,一脚踩歪,人一晃,一头从凳子上摔下来。

从医院出来,吴美芳的头上缠了几圈纱布,医生说像吴美芳这样的轻微脑震荡最好是休息几天,颈椎没事是万幸,要是一下子摔断颈椎这个年就要在医院里过。刘大宝马上给吴美芳做事的那家人打了电话,说吴美芳年前怕是去不了了,人从凳子上摔下来差点把脖子都摔断了。那家男主人中午急忙忙过来看吴美芳,扛了两箱过期饮料,临走留下一句话,说不必急着回去做事,过了十五回去就行。刘大宝送他出去,在心里说,老子的老婆过了十五也未必去,那四十万拿到手,老子的老婆还做什么保姆?老子未必就总是交倒霉运,一过年交好运那四十万就是个好开头!

晚上,刘大宝的母亲给吴美芳熬了鸡汤,喝过鸡汤,吴美芳说:"从凳子上摔下来没摔死就是福气,还有这么好的鸡汤喝,就是不知道会不会有后遗症?现在看着没事,谁知道睡着后会不会一下子死掉?如果我死掉,到时候你会不会拿那四十万再娶个老婆回家?"刘大宝说:"今天我倒差点儿被你吓死!我会不会再娶一个就看那四十万会不会到我手?"吴美芳说:"你休想做美梦!第一是我不会出事,第二是我现在马上就把这四十万先抓到手。"

"儿子是不是我俩生的?"刘大宝笑着说。

"你又想说什么屁话?"吴美芳说,"天底下哪有女人自己就能把孩子生下来的事?"

"这不对啦,儿子是夫妻共同合作的产物,那四十万自然也是咱们的共同财产。"

"共同不共同先别说,往银行存的时候要用我的身份证。"吴美芳说。

"用你的身份证又怎样?还能吓死我?天底下谁不知道你是我老婆?你就是富到天上到晚上还不是要我来睡你!"刘大宝笑着说。

"这一跤不能白摔,谁知道明天还会有什么衰事,钱到手才是钱,我这就给他打,先冲冲霉气。"吴美芳马上就打电话。

吴美芳也知道马来亚的手机是和李小榕混用的,李小榕总是隔一段时间就要把马来亚的手机拿过来用一用检查一下,这样就可以知道都有些什么人和马来亚来往,因为这事,弄得马来亚的许多朋友都不敢给马来亚打电话。吴美芳一边拨电话一边说:"还不知道今天这个电话是谁来接?"电话打过去,接电话的果然就是李小榕。

李小榕一下子就听出了吴美芳,但她硬是装作没听出电话里讲话的是哪个。

"你是哪个?"李小榕说,"我怎么听不出来你是哪个?"

吴美芳说:"我是马勇和马强的干妈。"

李小榕说:"马勇和马强的干妈有好几个,你是哪个?是不是张秋月?"

"不是。"吴美芳说。

"是不是刘小苹?"李小榕说。

吴美芳说:"还你是哪个我是哪个?我是吴美芳!"

李小榕在电话里叫了一声,说:"你声音变化这么大?我差点就要听不出来了。"

吴美芳在心里说变化个鬼,有什么变化,声音还能变到哪里去,又不是说英语。

"我也正要给你打电话。"李小榕在电话里说。

"快过年了……"吴美芳把话只说一半,开个头。

"你写在纸上的东西我和马来亚都看了,十多年前一桶牛奶的价钱和现在怎么能一样?十多年前的这个价那个价都和现在不一样,所以说那是一笔糊涂账,要想弄清楚了也太麻烦。这事也不必弄清楚,我和马来亚合计过了,马勇要不是你儿子小命早没了,四十万也不算太多,我这里的条件也只有一个。"

吴美芳打电话的目的正在这里,她急巴巴想知道是什么条件?

李小榕却说:"这事电话里恐怕不好说,最好找个地方。"

"找个地方?"吴美芳说,"找什么地方?"

李小榕也不知道该找个什么地方,当下在电话里怔住,但李小榕已经想好了,不但要找地方,到时候还要找一些人,要大家都知道这事。张秋月已经给她出了主意,要她就此事给吴美芳重重一击,"就像电视上常看到的那样,两个拳击手跳来跳去,最后得胜者就是那个能够重重把对方一拳击倒的拳击手。"但张秋月也知道李小榕这个拳击手不太好当,因为人家吴美芳的儿子毕竟救了她儿子一条命因此还丢了性命。张秋月对李小榕说:"你千万不能在人们的眼中变成知恩不报的人。"

"要不就来我家吧?"李小榕在电话里说,这样一来,自己还会占些优势。

吴美芳在电话里迟疑一下:"要不,你和马来亚过来,让大宝好好烧几个菜。"

"你们大宝还会烧菜?"李小榕说。

"你不知道他在街头卖过小炒?"吴美芳说,"刚下岗那一阵子。"

李小榕说:"想起来了想起来了。"李小榕嘴上这么说,心里却在想该不该去吴美芳的家,这只是一转念的事,她马上明白到吴美芳家更好,到时候吴美芳想发脾气都发不出来。"那好吧。"李小榕说,"只是要再叫上几个人才好。"不等吴美芳表态,李小榕说:"到时候把你们师傅'国字脸'也叫上,还有,报社的郭小涛那天见了我,还说要去看你,要不把他一块儿叫上,好不好?还有电视台的黄小林。"

吴美芳在心里算算,这就七个人了,吴美芳的家很小,到时候把饭桌边上的电冰箱挪一挪七个人还是能坐得下的。吴美芳在心里又算了算,反正自己没事,何不就定在明天?到时候又不用自己下厨房,头上虽然缠着纱布也无所谓。吴美芳把自己的想法一说李小榕那边马上表示同意。并且说报社的郭小涛和电视台的黄小林由她来通知。

"那就明天中午?"李小榕说。

"好,就明天中午。"吴美芳说。

吴美芳想好了,明天中午让刘大宝的爸妈带上飞宝去他表姑家吃饭,谈这种事,吴美芳最不愿意让刘大宝的爸妈知道,到时候也许又会眼泪鼻涕一大把。四十万不是小事,万万不能把两个老的搅在里边。

"你说马来亚会不会明天就把钱提来?"刘大宝说。

"不会吧？四十万得多大一袋子？"吴美芳说，"马来亚也没那么大的胆子。"

"不可能用袋子提吧，那多不方便。"刘大宝说。

"我看得放这么一小提箱。"吴美芳计划着说。

"开玩笑！"刘大宝说，"这么一小提箱岂能放下四十万。"

十四

李小榕接吴美芳电话的时候正在"大亚洲"里做头发，快过年了，发廊里等做头发的人特别多。李小榕此时正和她的好朋友张秋月在一起，两个人从小一起长大关系又最好，李小榕有什么事都要找张秋月出主意。李小榕一接电话，一说话，张秋月就知道她是在接谁的电话，是怎么回事。接完吴美芳这边的电话，李小榕刚把手机收起来，张秋月马上对李小榕说："你是不是傻×？我看你真是个傻×！"李小榕说："哪个是傻×？你为什么说我傻×？"张秋月说："你还说你不是傻×？你办你的事，你叫电视台和报社的人做什么？这种事你是不是还想把全世界广播电台的人都拉上？"

"那又怎样？"李小榕说。

"你是不是想让全世界人都知道？"张秋月说。

"那又怎样？"李小榕说。

"知道的人越多就对你越没好处。"张秋月说，"到时候也许只有坏处。"

"坏处？"李小榕不知道这个坏处在什么地方。

"说到家这又不是什么好事，所以知道的人越少越好。"张秋月说，"再说公家的事岂是她吴美芳说推翻就推翻的，报纸也登了电视也播了，那两万奖金她也拿到手了，她一百个办不到！所以你根本就没有必要让别人知道，你让别人知道什么意思？你请两三个人来，到时候他们向着你还是向着吴美芳，假设有两个人向着你，也不会没有一个人不向着吴美芳，到时候更说不清。"

张秋月的主意是：

"这事你对吴美芳直说就可以，还吃什么饭？你更不能到她们家吃饭，这么大的事。"

李小榕想想也是："那怎么办？"

"再给她打呀，现在就打，把饭推掉。"张秋月说。

李小榕就又拿起手机给吴美芳拨过去，手机一拨就通，那头接电话的是刘大宝。刘大宝正和吴美芳坐在一起商量明天吃什么菜，喝什么酒，上什么茶。电话一通刘大宝马上就递给了吴美芳。李小榕在电话里对吴美芳说明天吃饭就不必了，明天她还有别的事，再找时间再说吧。李小榕只说了这么两句，说完就"啪"地把手机一合。

李小榕刚把手机合上，张秋月就又对李小榕说：

"看你的样子挺聪明的，想不到你做事这么拖拖拉拉。"

李小榕说："又怎么啦？又有什么不对？"

"你还说另找时间，你找的是什么时间？此时不说你更待何时？"张秋月的意思是，此事要趁热打铁，把要说的话现在就说给吴美芳，把那个条件现甩给她！让她及时清醒！

"现在就告诉她？"李小榕说。

"就现在，难道为这事你还要到大至街摆一卦？"张秋月说。

"她要是不同意呢？"李小榕说。

"你傻啊！"张秋月说，"她同意不同意都是她输，她同意了，市里给的'十佳少年'谁能撤销得了，那两万块奖金她又能不能退回去？两样她一样都办不到！她不同意，那你不正好一分也不给她。"

"对啊，"李小榕说，"这几年自己当教员硬是把脑子给当糊涂了，遇不得大事！"

"你就是和马来亚吵吵架还可以!"张秋月说。

"这么大的事,现在就打?"李小榕说。

"这么大的事才要现在打。"张秋月说,"难道你还要召开什么大会!"

吴美芳那边,刚刚放下李小榕的电话,正在和刘大宝分析为什么李小榕刚刚说好来家吃饭又改变了主意,这时候电话又响了,又是李小榕打过来的,吴美芳忙把电话拿起来。吴美芳接电话,刘大宝在一边耸着耳朵听,这一次,李小榕在电话里说了什么刘大宝根本就听不清,刘大宝只看到吴美芳的脸色一点一点在垮掉,到后来吴美芳拿电话的手都在抖,这一次手抖和上一次不同,上一次是激动,这一次是愤怒。电话没接完,吴美芳已经一屁股蹲在那里,转瞬间,吴美芳对马来亚的那点好感已经荡然无存,气愤一转眼已变成巨大的仇恨。

"怎么回事?"刘大宝忙要扶吴美芳起来。

"马来亚!你不得好死——!"吴美芳尖叫起来,眼泪随之哗哗哗哗掉下来。

吴美芳的公公和婆婆打开门朝外张望了一下,刚想说什么,被刘大宝立刻拉住。

"你们看你们的电视!"

刘大宝把吴美芳扶到床上,要她千万不要激动,吴美芳忽然悲从中来猛地拍一下床:

"翔宝——翔宝——!"

"马来亚——马来亚——!"

"马来亚!你不得好死——!"

吴美芳忽然停止了哭,问刘大宝:"不是做梦吧?"

"你没事吧?"刘大宝说。

吴美芳就又大哭起来。

十五

天气预报中的雪一点点都没下，只天边有一点点薄云。

走在街上的吴美芳此刻很扎眼，头上缠着那么一大圈儿白纱布。

吴美芳现在眼里什么也没有，别人怎么看她无所谓，她眼里只有愤怒，她胸口那地方也什么都没有，也只有愤怒。一晚上没有睡好，吴美芳的头上是一跳一跳地痛。早上起来，刘大宝要随她去医院，吴美芳说自己未必就会一下子死在路上！吴美芳不要刘大宝跟着她，也没有打出租，是步行从家里走出，往南走，上了南大路，再往北上解放路，这年的冬天连一场雪都没得下，暖和得简直不像个冬天，但往北走还是让人觉着冬天毕竟是冬天。吴美芳头上的伤给风一吹，一跳一跳疼得更加清晰。

吴美芳要去的地方在解放路最北边，而她的那两条腿却把她带到了大正偏街。过街时，吴美芳差点被一辆疾驶的货车撞了，那司机从驾驶室里探出头开口便骂：

"不想过年啦！路上又没猪屎，你想吃也不要来路上找！"

吴美芳想还一句，张张嘴，却没骂出来，只觉头晕。

大正偏街那里，人们采购年货已经到了最高峰，这个高峰马上就要跌到最低最低的低谷，那就是腊月二十九，到这一天这里买年货的人就差不多没了。这热闹会转到每家每户里去，购买的狂热会变成做年饭的种种琐碎。吴美芳的两条腿把她从西往东带，快要带到马来亚的水产店时，吴美芳才像是猛地一下子清醒了过来。大正偏街此刻人挤人，在水产店里忙碌的马来亚根本就不会看到吴美芳，吴美芳也看不清马来亚是不是在店里，吴美芳进了马来亚水产店斜对面的一家卖温州小商品的店，她隔着玻璃朝马来亚的小店看，终于看到了马来亚，在店里边走来走去拿货，招待客人，忙碌得很。马来亚的忙碌让吴美芳的心里更是气愤难当。昨晚吴美芳悲愤交加骂了自己一夜，直骂自己是不是瞎了眼！当时怎么就会让翔宝下水救马来亚的马勇，人家的儿子现在活蹦乱跳，你自己的儿子却从此一去不返！下水救人的时候，翔宝的眼里还有一丝丝犹豫，吴美芳还说："马勇都快要给淹死了你还在想什么？你比他高一脖子半你怕什么？"水虽然没吴美芳想象的那样深，但水里的漩涡却是吴美芳想不到的。吴美芳现在只有骂自己的份儿：你放着好好的日子不过让翔宝下水救的是什么人？人家的儿子得一条命，你的儿子丢一条命，都说知恩必报，想不到马来亚两口子倒弄了套儿要你往里边钻。

"马来亚你不得好死——！"

吴美芳此刻再一次在心里尖叫了起来，她心里的尖叫旁边的人当然不会听到，但她脸上的泪水旁边的人却不可能视若无睹。

这家的店老板想必是认错了人，在旁边一边做着手里的事一边劝吴美芳不要伤心："人的寿命都是天给定了的，就像是算术题，有的长一些，有的短一些，但到最后都得有一个答案，每个人的答案其实就只有一个，那就是死，到时候人人都得死。"吴美芳明白这家老板是认错了人，是自己额头上缠的白纱布让他认错了人，这家小店什么都卖，也卖白事用的东西。这家老板确实是认错了人，把吴美芳当作一大早赶来买白事物品的那个女人。

"你看好没看好！"吴美芳突然发了火，她指着额头上的白纱布说，"我这是受伤缠的纱布你以为是给哪个戴的孝！快过年了你知不知道！吉利一点好不好？"

吴美芳从这家小店一下子冲出来，人在此刻，便像是没了方向感，或者也可以说方向感更加明确，此刻是吴美芳的两条腿带动着吴美芳，而不是脑子在那里起作用。大正偏街北边就是过去的二纺，现在是一大片拆了一大半的烂房子，当年这里的住户差不多有两千多户，都是二纺的工人。开发商把房子拆了一半儿，另一半儿要到明年开春再拆。眼下因为是冬季,此时此刻这里显得特别荒凉,几乎看不到几个人,就是有人出现,也是要从这里抄个近道去大正街,或者是去解放路,或者是去大至街。吴美芳对这条路十分熟,当年送老大翔宝上学她抄惯了这条近道。她还在这条道上来来往往卖过大半年的甜玉米。听说大至小学过了年也要拆掉,要迁到北新花园那边去,拆这么多房子听说只为了把老城墙修起来,城墙一修起来大至街就不复存在而将要变成一个大广场。现在的大至街可以说是一条文化街,文化馆和博物馆都在这里,再往南是人民公园。但最不好的地方就是大至小学周围现在开了许多小饭桌和麻将馆,头条二条三条都是这样,正正经经的麻将馆是在屋子里,有茶水瓜子,给老头老太太们开的麻将桌就直接摆在街两边,马来亚的母亲就天天来这里打麻将消磨时光。

　　昨夜吴美芳整整一夜都是半睡半醒,早上起来比没有睡觉还要累。

　　吴美芳先是梦见自己和刘大宝在到处找翔宝,她在梦里居然清清楚楚看得到自己那张惊恐万状的脸,当然还有刘大宝那张脸,后来这个梦就变了,自己的那张脸变成了李小榕的脸,和李小榕那张脸一起出现的是马来亚的脸,马来亚和李小榕的两张脸惊恐万状交迭出现在吴美芳的梦境里,马来亚和李小榕的嘴在吴美芳的梦里一张一合一张一合,问的是同一句话:"见没见我们强强?见没见我们强强?"梦醒后,吴美芳再也睡不着,满脑子都是找孩子的场面。刘大宝却睡得有滋有味。吴美芳用肘子把刘大宝捣醒,刘大宝吓了一跳,一下子坐起来,说:"是不是要去医院?"吴美芳说:"天还没亮,鬼才要去医院。"刘大宝说:"头现在疼不疼?"吴美芳说不是疼是蒙,像是给灌了一罐子铅在里边,全怪马来亚!马来亚你不得好死!刘大宝说:"你骂他可以,但你别大声叫,你看看现在是什么时候。"吴美芳说我偏要叫,偏要骂，马来亚不得好死！"对！你半夜都爬起来骂他不得好死，恐怕他这一世真要不得好死！"刘大宝又快要睡着的时候，只听见吴美芳在那里自言自语，说："到处找不到孩子的滋味恐怕要比死都让人不舒服！""你要不要吃一片睡觉药？"刘大宝迷迷糊糊又问了吴美芳一句。翔宝出事后，好长时间吴美芳都是靠安眠药睡觉。刘大宝怕吴美芳吃多了药，把药放在只有他才知道的地方。

从大正偏街穿过二纺厂拆了一半的那一大片烂房子，吴美芳去了大至街那家商店。吴美芳上小学的时候就有这家百货商店了，她还记着小时候自己到这家商店买过香水铅笔，那种粉颜色带个金属铅笔帽的铅笔，又细又短，放在鼻子下边闻闻还真是香。听说这家商店也要拆，商店门两边是八字形的水泥扶手，孩子们最喜欢在这个滑梯样的扶手上玩儿，水泥扶手已被滑得幽幽发光。当年，吴美芳也在上边打过滑梯。在这里，吴美芳果然看到了马来亚的老二强强，正在那里滑上滑下玩得起劲，和他一起玩的还有另外几个小毛头。

吴美芳站住，看着那边。一夜的失眠让吴美芳明确了自己应该做什么，愤怒又给吴美芳出了个主意，这个主意简直就是沙漠植物，转瞬间抽枝长叶开花结果！吴美芳走过去，像上次那样，抱起强强就走。

"马来亚，你死吧！"

吴美芳听见一个声音在自己心里狠狠地说。

没人看见吴美芳抱着马来亚的强强，她走得很快。

"马来亚，你休想过好这个年！"

吴美芳听见那个声音又在自己的心里说。

强强乖乖地被吴美芳抱着，吃着吴美芳塞给他的糖果。

"干妈干妈，咱们去哪里？"强强说。

吴美芳说："干妈带你捉迷藏，藏到一个谁也找不到你的地方。"

"干妈干妈，你怎么有眼泪。"强强说。

"风吹的。"吴美芳说。

"干妈干妈！车——"强强突然尖叫了起来。

对面有一辆大卡车轰轰隆隆奔驶而来，吴美芳忙往旁边一跳，脑子被惊得一亮。

"你赶死啊——！"吴美芳朝远去的车骂了一句。

"不是他赶死，是你走路都不晓得看一下前后，你看看有多危险！"旁边一个骑自行车的老头对吴美芳说，"你还抱着个孩子，要是出了事，一下子两条命，那司机还不得被你害死。"这老头一边说一边骑着车子慢慢远去了。

吴美芳把强强抱紧了，前边又过来一辆车，车上拉着两个巨大的红灯笼。那么大的灯笼，不知道要往什么地方送。吴美芳现在对什么都不感兴趣，也不想知道，她只知道自己要去什么地方，她已经看到了前边苏联楼房顶上的那个大水箱。那个水箱真大，像个小房子。

十六

晚上九点多，马来亚突然接到自己兄弟来好的电话。

来好在电话里语无伦次，他说："哥，哥我跟你说你先别急。"

马来亚说："你要说什么？你还没说出来我急哪个？"

"先说强强在不在你身边？"来好说。

马来亚说："强强一直跟着妈，我这几天忙得都转不开身。"

马来好说："妈现在在我这里，强强晓不得跑到什么地方去了。"

"强强不见了?"马来亚惊了一下,说,"什么时候的事?"

来好在电话里说他已经和他老婆找了好一会儿,几条街都找遍了,从大至街一直找到了解放路都看不到强强的影子,这会儿天已经完全黑了,"你好不好给你老婆打个电话,看看是不是她把孩子抱走了?"马来好在电话里说,"虽然这种可能性很小,但哥你最好还是赶紧问一下。"

"妈一打麻将就什么也不顾!"马来亚说。

"先别说这些,你先给你老婆打电话。"马来好在电话里说。

"这下子好,让她再打!"马来亚说。

"你先给你老婆打电话吧!"马来好说,"别的先少说。"

马来亚此刻正在回家的路上。他马上停下车给李小榕那边打电话。李小榕一听强强不见当即就在电话里尖声骂起来:"马来亚你妈还会不会看孩子?""先别说我妈会不会看孩子,如果孩子不在你那里咱们就赶紧找吧,现在都九点多了。"李小榕说:"要是强强丢了我跟你妈没完!你妈难道只会打麻将?"

马来亚想骂一句,但他忍住了,给小舅子打了电话让他过来帮着一起找。

天已经黑了,马来亚的小舅子马上赶了过来。姐夫和小舅子两人先顺着大街找,一边找一边喊,见商店就进,问商店里的人见没见一个五岁的小孩。马来亚越找越心慌,在心里也埋怨自己的老妈,你打的是哪门子麻将?这下子来个大败局,把孙子都打进去了。顺着大街找了一遍,马来亚忽然想强强会不会从菜市场那里进了旁边的小区,他便和小舅子又进小区去找,先是在院子里喊,然后是一个楼一个楼一个单元一个单元地进去喊。马来亚在外边喊,里边的一条狗跟着叫起来,后来那家主人也跑了出来,说:"这条狗是前几天刚刚捡到的,是你们的你们就拉走。"

马来亚大声说:"我们是在找人,哪个在找狗!"

李小榕这天是和张秋月两个人去买过年的衣服,此时也顾不上再转商店，张秋月也跟着过来。她们去了大正街，从大正街一直找到大正偏街，李小榕的嗓子几乎都喊破了，她此刻也顾不上再埋怨婆婆，她对张秋月说："强强会不会让人贩子给抱走？"

"听说像强强那样大的小男孩一出手就是六七万。"

"那就赶紧报警。"张秋月说。

"听说要是给卖器官的人抱走下场就更惨，到时候心是心肝是肝，一份一份分开卖。"李小榕说，"我婆婆天天都在那里打麻将，出了事她倒躲到她家老二那里，她未必躲得过！"

张秋月说："这时你还顾得上说这些，强强真没了你也未必能把你婆婆拉出来判刑。"

"要是真丢了，我跟她要……"李小榕忽然停住口不说。

"未必你也想跟她要四十万？"张秋月说。

"那我也放不过她，她十条老命都比不上我强强一条小命！"李小榕说强强虽然岁数小也不是十万二十万能够打发的。

"其实不结婚蛮好。"张秋月说，"孩子就是最大的拖累。"张秋月到现在还是独身，年轻的时候风花雪月，至今对象一个未成，现在已经没那心思。

张秋月陪李小榕去了派出所报警，李小榕没说几句话就放声大哭。

"大至还是大正？说清楚，哪家商店？"警察皱着眉头说。

李小榕看了一下手表，时间已接近十一点，便又哭起来。

马来亚这时恰又打来了电话，问李小榕这边怎么样："找到没有？"

"你妈把孩子丢了你倒让我找。"李小榕几乎是尖叫。

"都几点了你还说这些。"马来亚的声音里充满了愤怒。

"屁话！"李小榕说。

马来亚百般忍不住，在电话里也开了骂口："你才是屁话，放你妈溲屁！操你个妈！"

李小榕本是尿贱人，马来亚那边一发脾气她倒没脾气了。

"你说，强强会不会去了我妈那里？"

马来亚在电话里说："你妈那里我已经去过了，没有！"

这天晚上，马来亚和李小榕还有他们那些能赶过来的亲戚一直忙到凌晨，从大正街一直找到了江边，江水滔滔，江风阵阵，新桥工地那边灯光闪闪，哪里有孩子的影子？这边忙着找孩子，马来亚母亲那边却突然急得犯了病，天快亮的时候，来好叫来一辆急救车，把母亲送到了医院。急救车里放许多饮料，病人都没坐的地方，司机说这些饮料都是医院过年要分给职工们的福利。司机让马来亚的母亲躺在那些饮料上。

马来好想开口骂，却摸出一支烟。

"是不是强强在哭？"车行半路，马来好的母亲突然坐起来说。

马来好说："这时候恐怕鬼都在睡觉，哪有孩子哭。"

"小时候，我把你用绳子拴在卖茶水的车上你还不是照样没丢？"马来好的母亲又说。

马来好的心里突然有一丝酸楚："我们那时哪有现在这么娇贵！虽然我老子还是个总工。"

"要是真丢了，我怎么向你嫂子交代？"马来亚的母亲说。

"哪容易就丢掉，也许在什么地方睡着了。"来好说。

"那还不冻死？"马来亚的母亲说。

"这天气，哪能就冻死人？"马来好说。

十七

吴美芳一夜无眠，耳边总像是听见强强从大水箱里发出的尖叫。昨天，她抱着强强先去了公园，在那里一直待到天黑，然后才去了苏联楼，摸黑上那个楼，她一次次差点被绊倒。苏联楼当年是这个城市最好的楼房，当年不知道有多少人羡慕住在这里的人，既有自来水又有电话，有姑娘的人家都想把姑娘嫁到这里来。可现在楼梯上到处都是破砖烂瓦水泥块儿，拆迁户秋天都已经搬走。吴美芳抱着强强走上楼去，一直上到了最高层，也就是四层。穿过楼顶的那个小门，吴美芳抱着强强站在了楼顶上，风一下子大起来，远处是好一大片的灯光，二桥那边的灯光尤其好看，是一个好看的弧形。抱着强强，吴美芳闭上眼问自己："是不是把马来亚的强强送回去？"有一个声音马上就在她脑子里愤怒地响了起来："不能送！不能送！不能送！"吴美芳睁开眼，远远的灯光映入她的眼帘，她的脑子又像是一下子清亮了，一个声音又在心里问她："你这是做什么？做什么？做什么？""做什么？我儿翔宝也是一条命！未必就是一根草！"此时此刻，愤怒已经让吴美芳顾不上那些，她抱着强强爬上了水箱。水箱上面都是鸽子粪。吴美芳把水箱盖子打开，踏着钢筋焊的脚踏下到了水箱里。吴美芳从家里带来了手电，手电一晃，水箱四壁的霜花被照得闪闪烁烁。吴美芳从水箱里出去的时候，强强尖叫起来。强强的尖叫让吴美芳的一颗心狂跳不已，她忙把水箱的盖子盖上。吴美芳从家里带来一把锁，水箱的盖子被她死死锁住。

　　吴美芳向来做事都重手重脚，这天早上手脚就更重，不是碰东就是碰西，抱着那件军大衣和一大堆东西从家里出去的时候，刘大宝正在厕所里解决自己的问题。刘大宝有便秘的习惯，前几天多吃了几口马来亚的辣火锅嘎鱼，这几天肚子里像着了火一样百般不舒服，已经有五天没拉出屎来。听见门响，刘大宝在卫生间里问了一声："这么早？"吴美芳说："这还早，迟了就买不到老文林的豆腐了。"刘大宝说："你头那地方怎么样？要不我去？"吴美芳说："那天没摔死大概就死不了，多干点儿比不干好。"刘大宝说："老文林豆腐急什么，又不是什么珍稀东西，你在屋里歇着，还是我去。"

说话的时候吴美芳已经从屋里走了出去。刘大宝在卫生间里继续屙他的硬屎，这时屋里电话响了起来，刘大宝忙提了裤子去接，是吴美芳做事那家男人打来的电话，问吴美芳那箱子奶粉放在了什么地方？他们要喂小孩儿，却怎么也找不到奶粉。刘大宝说："吴美芳这会儿不在，等她回来我告诉她。"吴美芳做事的这家男人说："她怎么也不配备个手机？现在手机又没几个钱，连大正街那边的乞丐手里都拿个小灵通！"刘大宝心里说有手机也不会告诉你，好让你时时刻刻把她拎在手里？那是我老婆，你以为你是谁！

"吴美芳去医院了！"刘大宝说。

放下电话，刘大宝又提着裤子去了卫生间，刚有那么一点意思，屋里的电话铃又响，那点刚刚到来的便意一下子又没了，刘大宝干脆不再拉，提着裤子骂骂咧咧去接电话。电话是"国字脸"打来的。

"小吴呢？""国字脸"说。

"去医院了。"刘大宝说，"你徒弟差点儿没一跤摔死。"

"怎么回事？""国字脸"说，"快过年了她又玩哪样花样？"

刘大宝说："那还不怨她自己，我妈刚刚擦过的玻璃她要再擦一次，头朝下从凳子上摔下来，颈椎那地方差点儿摔断。"

"她这个人就是这样，别人做事她都不会相信。""国字脸"在电话里说，"当年在农机厂上班的时候就这样，不过那时好赖还拿到个技术标兵，她这脾气注定改不了。"

"改不了就再摔吧。"刘大宝说她那脾气就只有吃亏，她爸妈当年也没教她！

"你知道不知道马来亚把老二丢了？""国字脸"忽然在电话里说。

"丢了？"刘大宝吃了一惊。

"丢了。""国字脸"说。

"什么时候的事?"刘大宝说。

"就昨天下午。""国字脸"说。

"真丢了?"刘大宝说。

"到现在还没找到。""国字脸"说。

刘大宝忽然觉得心里猛地畅快了一下,身子也好像猛地轻松了一下,下边也像是不憋了:"莫不是又掉在水里!世上没这么巧的事吧?"

"马来亚一家人都找过江去了,找到开发区那边了。""国字脸"说。

"哈哈!有意思,上帝真是有眼!给马来亚来个大活该!"刘大宝在心里欢叫起来。

"国字脸"说:"马来亚和他老婆现在都快急疯了,马来亚的老妈都急病住院了。"

"那么个小人能去什么地方。"刘大宝说。

"国字脸"说:"马来亚的老二掉到江里倒不可能,他那小个子又上不到江边的栏杆。就怕碰到人贩子,年是人人都要过的,人贩子也不可能不过年,顺手抱一两个孩子一转手就是十多万!这几天别让你家飞宝出去乱跑。"

"我家飞宝?"刘大宝说,"他又不傻,这世上除了我,能玩儿转他的人恐怕还没出世!"

"国字脸"又问吴美芳的事:"医院说没说要她住院?"

刘大宝说:"她那脾气你也知道,一大早又去买什么老文林豆腐,头上缠老大一圈白纱布,又像阿拉伯又不像阿拉伯。"

"还是她不疼。""国字脸"说,"这下子你们那四十万我看年前马来亚那边顾不上了,孩子找到还好说,找不到他哪顾得上?这才是好事多磨。"

刘大宝不便对"国字脸"说那四十万的事,在心里不免又大骂:"马来亚,你个王八蛋!"

刘大宝不准备蹲厕所了,他恨不能吴美芳马上回来。

"马来亚,你个王八蛋!"刘大宝对着窗子大骂了一声。

十八

快到吃中午饭的时候,吴美芳才从外边回来,她还在门口换鞋,刘大宝扑过去就对她讲马来亚家老二丢掉的事,吴美芳的反应却让刘大宝大失所望,吴美芳一边换鞋一边说:"两条腿长在小人身上,未必就是丢,也许走到了哪里,过一阵子又会走回来。"

"你是不是已经知道马来亚的老二丢了?"刘大宝说。

吴美芳一愣,说:"我怎么会知道?又没人告诉我。"

刘大宝说:"你说这是不是上帝给马来亚的一个大活该!"

"人家丢孩子,你何必要开心成这样!"吴美芳说。

"我以为你会高兴。"刘大宝说。

"你自己好好儿高兴吧。"吴美芳说。

"马来亚丢了儿子我就是高兴!"刘大宝把身子转了一个圈儿,"我为什么不高兴!"

吴美芳没跟他吵,重重叹了口气,站起来去了厨房。刘大宝的母亲此刻正在厨房里忙午饭,吴美芳站在那里破天荒地问了一下:"妈,要不要我做什么?"做婆婆的突然受宠若惊起来,说:"你快些歇歇,你快些歇歇。"刘大宝也跟进了厨房,问:"吴美芳你是不是把买好的老文林豆腐忘了拿回来?我去取,你早上出去不是说要去买老文林的吗?"吴美芳说:"想起来了,走到路上就把这事给忘了。"刘大宝说:"你要不要去医院?你头怎么样?是不是这会儿晕得更厉害?"吴美芳是有些晕头晕脑,她晕头晕脑从厨房出来又进了大屋,公公在那里看电视,飞宝也在看,吴美芳叹了口气，又从这屋出去进了自己那小屋，晕头晕脑又站在了窗前。

刘大宝跟进屋，又问："你头是不是难受，要不要去医院？"

吴美芳坐下来："那天摔不死就死不了，还去什么医院！"

"死不了就好，这下有好戏看。"刘大宝说。

"'国字脸'有没有说马来亚他们都去什么地方找过？"吴美芳说。

"马来亚的家人都找过江了。"刘大宝说。

吴美芳说："就是不知道大至街周围他们去了没，二纺他们去了没，大正街他们去了没。"

"乖乖！我哪会关心这些屁事！"刘大宝一拍屁股说，"老子就知道这事老子很开心，这回可以让马来亚全家过一个好的不能再好的年！我认为这个强强丢的是千好万好，让马来亚和他老婆也知道没了儿的滋味！"刘大宝转一个身，又对吴美芳说，"我刚喝了一杯番泻叶，这会儿大有感觉，我得赶快去完成我自己的任务。"

刘大宝去了卫生间，再提裤子出来时，吴美芳正在打电话，是给"国字脸"打，问："马来亚那边都去什么地方找过？"

"国字脸"在电话里说："都找到江那边的开发区了。"

吴美芳愣了一下："真是瞎找！"

"可不是瞎找，到这时候马来亚只有瞎找。""国字脸"在电话里说。

刘大宝在一边站着说："你头疼不疼！你头疼不疼！他家老二如果再掉水里你是不是还准备再发一次善心？"

"那你也必会敲锣打鼓庆祝一番吧！"吴美芳说，"你刘大宝一个大男人什么时候做过大事！除了你们农科所的蔬菜种子庄稼种子你还做过别的什么事？你知道什么是大事，有本事你弄个大事出来让马来亚看看！有本事你让马来亚过个从来都没有过的好年!"

　　刘大宝愣在那里,把吴美芳的话琢磨了好一阵。

　　"让马来亚过个从来都没有过过的好年?"刘大宝说,"什么意思?"

　　"有本事你跟我去趟马来亚家!"吴美芳说。

　　"去他家?"刘大宝的语气之中忽然有几分讥讽的味道,"就怕那四十万还没给你准备好!"

　　吴美芳说:"未必就是为了那四十万!"

十九

　　吴美芳去了马来亚的家。天变了,风刮得很大。

　　马来亚想不到吴美芳会来,开门的时候愣了一下。

　　吴美芳不但来,还提了几包"老正泰"点心。马来亚和李小榕都在家,李小榕的哥李小猛也在,还有马来亚的弟弟来好和马来亚的父亲马总。马总老多了,看上去又瘦又小,很难让人相信他当年就是农机厂的总工。这天马来亚印了许多寻人启事,自己出去贴了一部分,剩下的请朋友和熟人帮着贴。家里出了事,人人的脑子都像是灌了水,想不出主意,却又要硬想些主意出来。到这时候人们才知道,丢一个人倒比死一个人都让人难受,人死是一种结束,而一个人丢了找不到却是对人们的持久折磨。马来亚的家里很乱,该洗的没洗,该做的没做,都在那里堆着,李小榕的两只眼哭得像是烂桃。

　　马来亚住的还是农机厂当年分给他父亲的房子,虽然当年的三室一厅都比不上现在的两室,但要是和吴美芳的房子相比还是宽敞了许多。当年吴美芳他们经常来马来亚家做客,吴美芳做菜不行,不是煳掉就是死咸,所以洗碗和收拾家都是她的事。马总还认识吴美芳,问:"吴美芳现在做什么?"吴美芳把手伸出来让马总看，说："天下是不是只有保姆的手才会这样？"马总又问吴美芳头上是怎么回事？吴美芳说不小心摔了一下。吴美芳只坐了一会儿，和马总说了一小会儿话，然后便去了马来亚家的厨房。厨房里是又脏又乱，她打量了一下，便马上开始收拾，这就是吴美芳，两只手一辈子闲不住，连她自己都骂自己是犯贱！吴美芳先把好几天没洗的碗"哗啦哗啦"给洗了，又把烂掉的菜也顺便收拾了，干巴了的芹菜放在一个塑料袋里，地上的垃圾也扫了。前几天马来亚带回家的鱼已经有了味儿，吴美芳把鱼也收拾了出来，鱼头已经不能吃，都一只只被吴美芳用力嶄下来。

吴美芳收拾厨房的时候马来亚进来说了一句："收拾它干啥？"

收拾完厨房，吴美芳又去了马来亚的卫生间。马来亚家的卫生间比吴美芳家的大许多，里边不但有洗澡盆，还放了洗衣机，吴美芳又开始洗马来亚家那一大堆床单枕套和衣服。

吴美芳洗衣服的时候马来亚又进来了一下，说："洗它干啥？"

衣服在洗衣机里转着，吴美芳又帮着马来亚把家掸了一下，一边掸一边顺手拿起一张寻人启事看了一眼，禁不住说道：

"寻人启事上怎么也要写出个数儿来，重谢，到底重谢多少？"

马来亚脸红红地没说话，坐在那里的李小榕却一下子暴跳起来：

"你是不是来看我的笑话？啊！"

李小猛把妹妹一下子拦住："你怎么这样？"

"你发什么疯？"马来亚大声说。

"这种事当然应该说清楚给多少，你不要以为天下的人都跟我一样善良！"吴美芳即刻火起来，几乎是"砰"一下要爆炸。

马来亚忙把话岔开，问吴美芳头是怎么回事？

"刚才已经说过了，那就再跟你说一遍，凳子没踩牢摔的！"吴美芳说。

"没事吧?"马来亚说。

"有事也是自作自受!"吴美芳说。

李小榕已经被她哥拉到了另一间屋子里,门也给从里边关上。

"也怪我妈。"马来亚想把话岔开,说,"上岁数的人打打牌可以,但不能只顾打牌……"

吴美芳说:"别说这些,你老婆放假在家怎么就不帮着看几天!那是她儿子,又不是你妈的儿子!"

马来亚忽然不知道该说什么了。

马来亚的父亲马总忽然在一旁开了口:"说得对,你妈岁数也大了。"

吴美芳已经穿好了衣服,要走了,她和马来亚的父亲道了声别,要他多保重。

"还是老农机的人好啊。"马总没头没脑地说。

马来亚把吴美芳送出来,站在那里,说:"人结婚做什么?结婚就是给自己找麻烦!生下孩子就更是找麻烦!"

"你老婆现在有眼泪,我现在连眼泪都没了。"吴美芳说。

"我知道你为什么来。"马来亚说。

"知道就好,我儿子的命也是一条命,不是什么随手就可以捞到的东西!"吴美芳的胸口那里已是一片波澜起伏。

"就按你的话来,假如你是我,你去什么地方找四十万?"马来亚说。

吴美芳答不上来,脑子里一片茫然,找不出一句话,嘴唇好一阵子乱抖。

"李小榕不同意给四万是她没人味儿!可你一下子开口就要四十万也未必有多少人味儿!"马来亚心里的闷气汹涌而出,"人是个什么东西?人到底是个什么东西?"

"那你就好好想想!"吴美芳大声说,声音大得头都要痛起来。

"人是个什么东西？人到底是个什么东西？"离开马来亚家的院子，寒可刺骨的风从北边吹来，吴美芳在心里一遍遍地问着自己。吴美芳在心里一遍遍地问着自己，跌跌撞撞，人已经站在了27路公交车站牌的下边，她背着风，车一辆一辆地过去，带起一阵一阵的寒风。人是个什么东西一下子不好说清，但孩子还是孩子。她不知道马来亚的强强此刻在楼顶上的水箱里会不会有事。今天上午她把大衣和一些吃的送了过去，强强的哭叫声让她心惊胆跳。好在那地方早已是人去楼空，不会有人听到强强的哭叫。又一辆公交车过来，吴美芳忽然清醒过来，她要到对面去坐27路才行，在这边坐27路只会越坐越远。吴美芳跌跌撞撞离开了站牌往对面走。大正北道这一带此刻车并不多，吴美芳一边往对面走一边望着左边，想不到右边一辆小车猛地出现在吴美芳的眼前。

吴美芳只来得及尖叫一声，人一下子飞了出去。

"人是个什么东西？"

吴美芳飞出去的时候脑子里还想着这句话。

二十

吴美芳在医院里昏迷了整整三天，三天后，吴美芳醒来，她睁开了眼，看到了坐在她周围的亲人，还有放在床头的水果和罐头，还有一束花，已经快干枯掉，插在窗台上的一个罐头瓶子里。吴美芳的苏醒像是用了很长时间费了好大的劲，这期间她喝了点水，还吃了一点点水果，直到第二天下午，吴美芳才像是突然想起了什么，她忽然一下子坐了起来，把刘大宝还有吴美芳的母亲吓了大大一跳。吴美芳坐起来还不行，她把手上的输液针头也一下子拔掉，然后摇摇晃晃地下地，然后不顾一切跌跌撞撞往外冲。她穿得很单薄，因为躺在病床上，她只穿了一身秋衣秋裤，她就那么一下子跌跌撞撞冲出了病房，骨科病房在二楼，她跌跌撞撞走到楼梯口却不得不停下来，她站不稳，刘大宝从后面抱住她，吴美芳身没有一点点劲，她软在刘大宝的怀里。

"马来亚的儿子，马来亚的儿子还在水箱里！"吴美芳挣扎着说。

那个年轻警察也跟着追了出来，他负责在医院里看守吴美芳，一旦吴美芳醒来，马上把她隔离。

"马来亚的儿子还在水箱里。"吴美芳挣扎着又说。

"你怎么能做那种事？"在后边抱着吴美芳的刘大宝对吴美芳说。

吴美芳停止了挣扎，回过脸，看定了刘大宝。

"你怎么能做那种事？"刘大宝又说。

"马来亚的儿子……"吴美芳说。

"你怎么能做那种事！"刘大宝又大声说。

"马来亚的儿子……"吴美芳大声喊了起来。

"一切都完了——"刘大宝说，"一切都已经完了，完了！"

吴美芳整个身子突然坠下来，坠下来。

"马来亚，你个王八蛋——"

吴美芳听见刘大宝的骂声，这声音突然又很小，也许只有吴美芳可以听到，刘大宝又在吴美芳的耳边说："都完了，我告诉你，一切都已经完了。"

吴美芳小声说："马来亚的强强怎么了？"

刘大宝的声音更小了："告诉你，我要跟你离婚！"

吴美芳不再说话，瞪大了眼，看刘大宝。

"我要跟你离婚！"刘大宝又对吴美芳说。

"离婚？"吴美芳说。

"对，离婚！"刘大宝大声说。

走廊里的回音很大，连病房里的人都听到了刘大宝的喊叫。

二十一

　　春节过去，天气一天比一天热，吴美芳服刑的监狱和别的地方一样，院子里的桃花也相继开了起来。当年，农机厂院子里也有几树桃花，开起来也这么好。吴美芳看着桃花当即发起呆来。和吴美芳一起待在院子里晒太阳的犯人问吴美芳发什么呆？吴美芳说："哪个发呆？我是想起我们农机厂院子里的桃花，比这里开得都好。"那犯人说："世界上的桃花都比这里的好。"吴美芳说："我先是在农机厂上班，还得过奖，后来内退去卖玉米，捡了一个包，包里有六千元，我把包交给了警察，后来我开电梯，因为给飞宝打毛衣让给辞了，再后来我给人家当保姆，一天倒差不多一整天都待在人家家里。现在我待在这里……"吴美芳突然不说话了，她看着身旁那株桃树，那株桃树的树干上刻了许多深深浅浅的道子。她知道那道子是一个犯人刻的，那上边所刻的每一道都是一天。

　　吴美芳无心在桃树上刻道子，她也无心想以后的事，她不知道自己出去的那一天飞宝会不会站在外边等自己，但她知道到那时飞宝肯定已经是一个大小伙子了。

　　"飞宝——"吴美芳在心里低低喊了一声，眼泪不禁又淌了下来。

　　"哭什么哭，做人要硬气一些！"吴美芳的心里有一个声音在说。

　　但吴美芳就是硬气不起来，只要一想起飞宝，她的心就永远硬不起来。

　　"飞宝、飞宝、飞宝——"
　　吴美芳大喊了起来。

老黄的幸福生活

1

怎么说呢，老黄现在的日子过得很幸福。

老黄的老婆李晶虽说早早退了休，却又去了老黄学生那里打工，每天的工作也就是坐在那里看看报喝喝茶，接接电话处理一下客户们的投诉。老黄的姑娘小竹大学毕业也已经安排了工作，在大学里教旅游管理，月工资可拿到一千五左右。老黄的日子现在过得要多舒心有多舒心。在秋天到来的时候，老黄决定把家重新再小规模改装一下，也就是，要在卫生间里重做一个可以挂衣服的两层吊柜，紧挨着吊柜再做一个可以让他老婆和女儿化妆用的洗漱台面，台面已经选好了，是玉米白的合成材料，既防火又防水，厚墩墩的，柜子和台子的立面是黑胡桃，颜色搭配大方好看。做了这还不行，还想请人把阳台上的大窗子和前边正室的两个窗子再换一下，换成白色的塑钢窗。换了窗子老黄还不肯罢休，索性把护窗也换一下，住在这套房里还没有五年，那空心方钢的护窗却已经锈坏了。老黄这几天就一直在兴致勃勃地忙着家里的这些事。还是夏天的时候，老黄的女儿小竹谈上了对象，男朋友黄金在政府部门工作，这让老黄心里就更加高兴，如果说以前的日子过得多少有些纷乱。那么现在是达到了大治，一切都那么令人满意，或者可以说是朝着令人满意的方向发展。国庆节前，老黄的姑娘和男朋友去五台山玩了两天，这说明他们的关系已经相当稳定了。国庆节终于来了，老黄洗出两个腌菜的小缸准备腌菜。日子过得再好，老黄还是离不了腌菜，收拾完这一切。老黄去洗了一下澡，洗了澡还修了一下脚。修脚的瘦老头儿认识老黄，一边抚摸着老黄的脚一边说老黄真是个有福之人，只有有福之人才每洗一次澡就修一次脚，只有有福之人的脚才柔软得像他这样。修脚的瘦老头儿又说起老黄的父亲，说老黄的父亲活着的时候一年才肯修一次脚，这说明什么，说明老黄比他的父亲幸福，比他的父亲活得好，一代更比一代强。

　　从澡堂慢慢走出来，老黄觉得自己浑身真是清爽多了，每次洗完澡他都是这种感觉。街上来来往往的人很多，都在兴高采烈地过国庆节，这样一来，那些鸡啦鸭啦就倒霉了。现在的人们对过节都很上心，无论什么节日都要热闹一下子，都要大吃一顿。老黄洗澡一般都去离家不远的鸿都浴城，因为离家不远，他总是走着去。出了小区的院子往南走，那是一条很热闹的窄街，穿过窄街，走到电力宾馆再往东转一个弯子就到了。在鸿都浴城洗澡有个好处就是回来的时候他可以顺便转转那个菜市场，说是菜市场，实际上就是一条街，毕竟是秋天了，芥菜和各种可以腌一腌的蔬菜都已经上了市。那两个小缸，老黄准备用来腌芥菜和萝卜，芥菜他准备买那种花叶芥菜，芥菜头和叶子都切得碎碎的，这种菜要腌得酸酸的才好吃。老黄去年去韩国，天天吃那边的泡菜，简直把人给吃腻了，心里就想念家里的腌芥菜。韩国的泡菜动不动就放辣椒，那味道怎么说也比不上中国的芥菜。老黄还准备再腌一些心里美萝卜。腌这种萝卜先要把萝卜一切两半儿，要和尖椒放在一起腌，这菜腌出来要辣有辣，要色有色，切几片放在那里粉红粉红的惹人食欲。老黄这几年真是有福之人，有发胖的趋势，老黄现在最怕自己发胖，所以早上晚上坚持只吃泡饭，吃泡饭就离不开这泡菜。从澡堂出来，老黄一共做了两件事，一是买了一小捆碧绿的芥菜，二是又去包子铺买了十个芹菜牛肉馅儿的包子。老黄想好了，回家再煮一锅小米粥，晚饭就有了。他是一手提着一个包往回走。从电力宾馆那边转过来，远远就看见小区门口坐着一堆人在那里打扑克。老黄很讨厌人们打扑克，而小区的院门口几乎天天都要围着一大堆人在那里兴高采烈地打扑克。快到小区院门口的时候，老黄和离小区院门口不远的那家小诊疗所的丘大夫打了一个招呼。瘦瘦的丘大夫现在已经当了爷爷，正抱着孙子在那里比比画画看对面的汽车，丘大夫一次又一次地对孙子说："高级小车，高级小车，高级小车。"说得周围的人都忍不住笑了。老黄总是到丘大夫这里量血压，所以见了面总是打打招呼。事情就是在这时候发生的，有人忽然从后边，轻轻拍了一下老黄的肩膀。老黄回过头来，站在他身后的是两个警察。两个年轻警察，说年轻也不怎么年轻，都有三十多了。其中的一个长得很精神，瘦瘦的，鼻子眼睛都很受看，另一个有点胖。老黄不知道这两个警察要做什么。在这种地方被两个警察拦住是要引起人们的注意的。老黄环视了一下周围，果真已经有人注意这边了，小卖铺那边的人和洗染店那边的人都朝这边看，警察一般是不会在街上随便拍市民的肩膀的。老黄的脸一下子就红了，好像已经干了什么坏事。

"什么事？我又不认识你们。"老黄对这两个警察小声说。

"不认识？你当然不会认识我们。"瘦一点的警察对老黄说："不过你马上就要跟我们认识了，但我们知道你叫黄作声。"

老黄说："你们有什么事？"老黄心里想是不是谁出了什么事？谁？谁可能出了事？所以才让警察找到了自己的头上？是谁？谁有这种可能？比如，可能不可能是生意上的事？谁的生意出了事，卷了资金跑了，或者是谁打了架？会不会是自己的外甥？老黄很担心自己的外甥，担心他在外边打群架？或者是开出租车出了什么事?

"什么事?"

老黄又对这个瘦瘦的长得很精神的警察说,"你们有什么事?"老黄觉得自己根本就不应该和两个素不相识的警察站在街上说话,自己最好想办法马上走开。老黄又环顾了一下周围,觉着至少也应该找个地方说话,比如到小卖铺旁边张老师开的书法教室里去说话,或者是就到小区东边的银行里去说话。

老黄环顾周围的时候,那个胖一点儿警察开口说话了:

"你是不是刚才在澡堂找小姐了?"

"你说什么?"

老黄张大了嘴,吃了一惊,忙看看左右。

"我问你是不是找小姐了?"

那胖警察又说。

"你怎么这么大嗓门儿?"

老黄觉得这个警察说话的声音也太大了,老黄又看看周围,肯定有人已经把警察的话听到耳朵里去了。

"你现在怕了,你要是怕就别找小姐。"

胖警察也看了看周围,声音并不放低:

"你既然在澡堂里找了小姐你就不要害怕。"

"谁说我找小姐了?"

老黄忍不住火儿了起来,但他火儿了也不敢大声说话,倒有几分像是求饶,声音很低,但很火,这就产生了一种效果,像是在那里求饶。

"你当然找了,你不找我们会跟你到这儿?"

胖警察说他们一般都是掌握了真实情况才会有动作的,手里没有真实情况他们怎么会有动作。

老黄直眨巴眼,不明白胖警察说的"动作"是什么意思?

"什么动作?"老黄说,"你在说什么?"

"动作就是找你,请你马上跟我们走一趟。"

瘦一点儿的警察说,好像要笑了。

"为什么跟你们走?"

老黄又看了看周围,周围有几个人也看着这边,他们好像还有要走过来的意思,那些人都认识老黄,那几个人里边有一个人也住在这个小区。

"当然你得跟我们走。"

瘦一点的警察说:"你还不明白为什么跟我们走,因为你嫖妓,所以你要为此付出代价,所以你必须跟我们走一趟。"

老黄这时候才感觉到自己开始冒汗,他把手里的包子和芥菜都倒到一个手里,那些包子热烘烘的有些烫手,他明白自己这一回肯定是碰到麻烦了,这两个警察,也许,是看错了人,他们肯定是看错人了,是不是有人长得和自己太像了?老黄笑了一下,笑得很难看,老黄说:"从澡堂里出来的人太多了,有老的有小的有胖的有瘦的,你们是不是看错了人?"老黄这么一说,那两个警察也跟着笑了起来,声音并没放低,胖警察说他们怎么会看错人:"而且,我们都注意到你连毛巾和搓澡巾都忘了拿。"

"你们肯定是看错人了。"

老黄变得有点结巴了。

"问题是,浴城里的小姐又不是不长嘴巴。"

胖警察很严厉地说。

"什么小姐?"

老黄用最小的声音说。

"你还不知道是什么小姐,你不知道?我看你是不是兴奋过头了?"

胖警察笑着说。

"你们小点声行不行?"老黄说,又看了看银行台阶上坐的人,在那里坐着说话的人大多数都是和老黄一个小区的老头儿老太太，那些人大多都是坐在那里等死，他们甚至连那些整天打扑克的人都不如，他们都是老黄的熟人，老黄很难看地朝那边笑了笑，那两个警察也忙朝那边看了一下。

"那些人是你的熟人？"

瘦一点的警察问老黄。

"我们是一个小区的。"老黄说。

"所以你也不希望把事情弄大，是不是？"那个胖警察说。

"你们肯定是弄错了。"

老黄把手里的包子和芥菜又倒了一下手，手心里全是汗。

"我们弄错了，你找小姐倒是我们的错？"

胖警察的声音忽然大了起来。

"到一边说话好不好？"

老黄慌了，用手摸了摸头发，头发还没有干。这时候他才想起自己确实是出澡堂的时候忘了什么？是忘了拿那条毛巾和搓澡巾。一块毛巾是五元，搓澡巾是三元，还可以用很多次。

"你跟我们走还是不走？"

那个胖警察把声音放低了一些。

"我没做那种事，所以我就不能跟你们走。"

老黄用很小的声音说，一边说一边慌慌张张地往加油站那边走，因为他不走不行了，已经有几个熟人朝这边快步走了过来。老黄一朝加油站那边走，那两个警察也忙跟上朝那边走，好像是怕他跑了。他们一走，那几个要过来的老黄的熟人就停了下来。站在那里朝这边看，他们觉得莫名其妙，甚至感到了失望。

"你不跟我们走也行。"

那两个警察又站住了，看样子他们也不愿随着老黄继续走，他们看到了加油站外边墙根儿那边种的常青藤，那是些倒霉的常青藤，加油站粉刷墙壁，把它们枝枝叶叶都淋白了，这几天，它们开始打蔫，恐怕活不了几天了。

"这是节日期间,你知道不知道这几天正抓得很严?在这种时候你还敢找小姐,你这是现行,你这是现行流氓。"

那个瘦一点的警察对老黄说:"因为怕影响不好我们才跟着你一直到这里来。不过,这种事情,因为是节日期间,而且是举国欢庆的节日,一是影响不好,二是这种事也是要给你们这种人一个教训,所以处理的方法也可以通融一下,但是你必须缴一下罚款。"瘦警察看了一下胖警察,说:"人民警察也通情达理,为了这一点点事让家里人和院子里的人都知道了也不好。"那胖警察这时候插了一句话,说:"我们警察现在处理这种现行也人性化,再说看你的样子也是个要脸面的人,如果处理得重一些还要拘留十五天。"

"像你这种情况我们也可以酌情人性化处理。"

胖警察对老黄说。

老黄看着这两个警察,不知道他们说的人性化是什么意思。

"那就是你把罚款交了,再给我们签个字。"胖警察说。

老黄看看左右,他现在是一点点主意也没有,但心里很明白的一点就是这种事永远说不清,而且警察在这里说你找小姐了,家里人知道了能不信?小区里的邻居知道了会越说越难听。面对这种事,老黄明白首先是不要让任何人知道,知道的人越少越好,一个不知道更好,这种事无论有还是没有,到时候人人都会相信它有,人人都会把事情说得更加不堪。

"而且,你的手巾和搓澡巾都不要了,一般嫖客都这样,因为那手巾和搓澡巾都不干净了,你最知道它都擦过什么。"

那个胖警察说,侧过脸看了看加油站里边,从加油站里,一辆红色夏利出租车正慢慢从坡上开了下来。出租车司机认识老黄,从车里朝老黄笑了笑,探出头来。这是个小伙子,瘦瘦的小伙子,人长得很精神,头发总是很亮。老黄常坐他的车,知道他刚刚结婚,所以开车的时候总是打瞌睡。

"嗨！黄老师。"

这个年轻出租车司机探出头来和老黄打招呼。

老黄忙朝年轻司机摆摆手，说自己并不需要车。

"你认识的人真多，所以你更应该多注意一下。"那个胖警察说。

"肯定是你们错了。"老黄小声说。

"好吧，那你就跟我们走一趟吧。"胖警察说，"先到局里录一下口供，然后再让你们家人送罚款过来就行。这种事，总得有个交代，主要是对上级。"

"我真没做。"老黄又说。

"那更好，你精神还很文明，走吧。"胖一点儿的警察说。

"我要是不走呢？"老黄说。

"你总有单位吧。"

那个胖警察不耐烦了，说他们其实也不难知道老黄在什么单位工作，因为这个小区里住的人大多数都在教育部门工作，所以，他们不难知道老黄的一切。

这时候又过来人了，是住在老黄楼上那个弹钢琴的小周，穿着一件红棕二色的尖领格子衬衫，下边是条树皮黄牛仔裤。由于歌舞团现在演出任务不多，他在家里带了一些学生，家里整天琴声不断。他朝老黄笑了笑，他想知道老黄和两个警察站在这里做什么，或者是这边出了什么事。小周马上就要走过来了，这时候那个胖警察声音很大地说：

"你怎么回事！我们可没那么多时间，你……"

老黄吓得脸色都变了，小声说：

"我交钱还不行，你能不能小点儿声。"

老黄已经把身子转过去，这么一来，住在老黄楼上的小周就不再好和他打招呼了，他从老黄身边过去了，快活地吹着口哨，胳膊弯儿里夹了个白塑料饭盒儿。老黄闻到了一阵劣质香水味儿。这个弹钢琴的小周总是在身上喷劣质的香水。老黄不知道小周为什么总在自己身上喷香水，因为在这个世界上肯往自己身上喷香水的男人并不多。

二

老黄心慌意乱地回了家，厅子里的光线现在已经暗了下来。这时候家里还没有人，窗外邻居家养的鸽子这几天正在发情，在不停地"咕咕"叫，它们要在天凉之前再孵一窝小雏鸽。老黄的老婆李晶和女儿小竹都还没回来，但她们马上就要回来了。老黄把热烘烘的牛肉包子和那捆芥菜扔在了厅子里茶几上的那只漂亮的大均瓷碗里，人一屁股在沙发上坐下来，他觉得胸口有些难受，简直是太难受了。开门的时候，老黄心里想要是躲在家里不出去呢？那两个警察会拿自己有什么办法，他们会不会找到家里？肯定是这两个警察错了，怎么会认定是自己嫖妓，他们又怎么会跟着自己到自己住的地方来。外边，这时有"嚓嚓嚓"的和灰声，老黄的邻居正在动工，老黄住一层，他阳台外的空地上现在堆了许多沙子和水泥。老黄原先的那个邻居要去北京发展，就把房子卖了，买他房子的这个年轻人看上去真是有钱，把原来的橡木地板全雇人刨了，好像生下来就和橡木地板有仇，那橡木地板其实铺上去还没三四年，真是让人可惜。刨了地板还不行，又把门和窗都换了，阳台的厨具和卫生间的洁具也都换了，这个马上就要住到这里来的年轻人是越换越来劲，几乎是把所有能够重新做的都重新做了一遍。整个院子现在被弄得乱得不能再乱，靠城墙那边的花池也给弄得一塌糊涂，工人们把乱七八糟的东西都往里边扔，有时候连人也要跳进去，跳进去就往大丽菊上没头没脑地撒尿。老黄最喜欢的二月兰这会儿给踩得乱七八糟，叶子都披头散发地摊在地上，明年可能不会再开花了，看来恐怕连今年冬天也过不去了。好几次老黄忍不住想过去说说，但老黄还是没敢说，老黄最不愿做的事就是得罪人，得罪人就是打破自己生活的宁静。在这个世界上得罪人简直是最可怕的事，得罪一个人还等于是在给自己挖一个陷阱。

老黄在厅子里的沙发上坐了一小会儿，耳朵听着外边的动静，老黄家的厅子里很暗，老黄在这昏暗中喘着粗气，他想给自己拿一个主意，比如，给不给那两个警察钱？给了钱签不签字？要是不给钱，那两个警察会采取什么手段？问题是，自己怎么证明自己没有在浴城里干那种事？找谁证明？自己也许永远也找不到证明，而且还会说不清，可警察却能找出许多证人来，还有小姐，小姐能记清楚吗？小姐接待的人可太多了，大多数的情况是她们的注意力一般都不在客人的脸上，她们怎么会记得清？到时候也许还会乱咬一气。老黄不敢再想了，老黄平时无论碰到什么事情总是要老婆李晶拿主意，可这件事能对她说吗？老黄站了起来，望望窗子那边，老黄奇怪窗玻璃上怎么会是红红的，好一会儿才明白过来那是外边的太阳花，虽然时已深秋，可那些太阳花还在拼命地开花，好像不开白不开。给钱就给吧，三千块钱就算丢了。老黄对自己说，问题是，老黄长这么大还没有白白给人这么多的钱。老黄丢钱是有数的，有一次，他是穿了那条大白西式短裤在菜市场让人把口袋里的四百多掏走了，还有一次是十多块，都不能算太多。"他妈的！跟了什么鬼！"老黄骂了一声，进了里屋，打开了在这个家里属于他自己的靠北边那个柜橱。那个柜橱里都是他的衣服，总是乱糟糟的，有时候李晶看不下去会帮他收拾一下。但他不希望任何人帮他收拾自己的柜橱，因为里边有朋友小叶送他的那种蓝色药片，小叶下岗没事做开了个专卖性用品的小店，一有什么好玩儿的药就送给老黄。老黄怕家里人发现，总是把那些暧昧的蓝色药片放在一个药瓶里，他也只是想想，却从来都不敢去做那种事。老黄把这些药片还有十多个杜蕾丝避孕套一股脑都放在衣柜的抽屉里，这些东西只能说是老黄的收藏品，因为他根本就没胆子去用它们，他是有机会也不敢，从来都不敢。有几次，朋友们拉他去洗澡，洗完澡把小姐叫过来，吓得他一颗心怦怦乱跳，穿了衣服就往外跑。老黄的这个柜橱之所以总是锁着还因为里边的抽屉放着一万多块钱，钱是他自己悄悄存起来的，他不希望任何人知道自己的这桩秘密。老黄心跳着，把那个压在裤衩下的牛皮信封取了出来，牛皮信封里还有一个白纸信封，老黄从里边数了三千块，忽然就想起书架的小抽屉里有一张一百的假币，是那次领工资的时候不小心收下的。老黄打开书架的小抽屉把这张假币取出来，换了一张真币出来。这让老黄在心里高兴了一下。老黄又把那个放钱的纸袋儿放回到抽屉里边去，放进去前用手捏了捏，那纸袋明显薄了许多，这让老黄在心里一下子又哀伤起来。

"操他妈！"

老黄骂了一句。

老黄从屋里出来，院子里的人明显多了起来，是下班的时候了，很多人手里都拿着菜，芹菜了，茄子苦瓜了什么的，还有不少人是用塑料袋提着水豆腐，最近小区门口在人们下班的时候总是有人在那里处理水豆腐。老黄一路跟人们打着招呼，出了小区的院子，老黄看到那两个警察了，都站在银行的门口，脸都朝着这边，看样子他们已经不耐烦了，四条腿在那里不停地踱来踱去。

老黄站在这两个警察旁边了，老黄朝西边指了一下，小声对这两个警察说：

"能不能往那边走走？"

"为什么？"

那个瘦警察警觉地说。

我老婆马上就要下班了。"

老黄说。

"如果是这样，可以。"

瘦警察说。

老黄要这两个警察跟着自己朝西走，因为李晶下班一般都从东边华严寺那边过来。那两个警察跟着老黄往西走了走，小区的西边是一家小服装店，专卖豪门内衣，老黄总是在这家店里买那种三角短裤，而且总是那一种牌子。过了这家小服装店，那边是一家小饼店，饼店里白天卖饼子，晚上就专卖那种红彤彤的油饼。老黄在饼店旁边停了下来，看看左右，把放在信封里的钱给了那个胖警察。这时候正好有个人在买油饼，油饼的味道真是很香，那些刚刚炸好的油饼是放在一个黑乎乎的铁盘子里。胖警察从老黄手里接过了钱，好像是打不定主意数还是不数，但他还是数了，先在手指上吐了一点儿唾沫，这说明他数钱的态度将会很认真。他把钱从信封里抽了出来，看了一眼老黄，然后才开始数，数的中间还又在手指上吐了几回唾沫。老黄看着这个胖警察数钱，心里简直不是滋味，那三千块钱很快被这胖一点儿的警察数完了。这胖警察数完钱还不行，还把钱轻轻拍了一下，然后才又把它递给了瘦警察，让瘦警察也数一数。老黄的钱就又被瘦警察很快数了一遍。老黄一直看着瘦警察数钱的手，这是两只白白的手，很灵活的手。老黄很怕那张假币给这一双手数出来，但这两个警察都没发现那张假币。接下来，是签字，老黄的手忽然有点颤，他看了看这两个警察，还是把要他签字的那张纸片放在身旁橱窗的窗台上签了。老黄的字签得很不好，有些歪歪扭扭，他有意让字歪歪扭扭。

"让人认不出来才好。"

老黄在心里想。

"你这是什么字？"

胖警察看看那张纸，又看看老黄。

老黄一时不知道该怎么回答了，脸憋得通红。

"你的身份证呢，我们还要把你的身份证号码记一下。"胖警察又对老黄说。

"还要身份证？"

老黄再次紧张了起来，不知道身份证会不会给自己带来更大的麻烦。

"快，拿身份证。"胖警察又说，向老黄要身份证。

老黄的手在自己身上摸摸，从上边摸到下边，然后，脸红红地告诉这两个警察他没带身份证，问题是，一般人不会随时把身份证放在身上的。这时候，那个瘦警察不知为什么又把钱数了一遍。

"要不就这么吧，有什么事咱们以后找他再说。"瘦警察对那个胖警察说。

"这种事你以后最好少做。"

胖警察好像同意瘦警察的意见了，他对老黄说："你岁数也不小了，这种事让家里人知道了更不好，要是年轻人做这种事还有个说道，你呢，已经是有岁数的人，我们也不让你回去取户口本了，按说没有身份证你还要把户口本拿过来登记一下。"

"你这字也写得太差。"胖警察又看了看那张纸，拍拍，说。

胖警察对老黄说话的时候老黄一直面朝东站着，他的嘴忽然一下子张大了，他看见李晶已经蹬着那辆粉色的车子过来了，上边穿着那件在这个秋天她一直穿的有棕黄道子和淡绿道子的上衣，这件衣服后边有一个很大的口袋，他不知道一旦在衣服后边的口袋里放上东西是什么样子，或者是怎么能够把东西取出来。总而言之这是一件很怪的衣服，和这件衣服相配的是条淡米色裤子，老黄一直认为，他老婆现在穿的这件衣服最好能配条黑色的裤子才协调好看。老黄已经看到了，看到自己老婆的车筐子里买了不少东西,他想里边肯定是晚上的菜。中午的时候,老婆对他说要买一只鼓楼的酱肘子回来吃。那个卖酱肘子的老头儿的肘子做得十分好吃,每天只做那么一桶,卖完就完,所以每天等着买肘子的人很多。老黄心里有些紧张,他看见他老婆下了车子,在一个水果摊子前下了车,他拿不准她想买什么?买什么?买香蕉,他踮起脚朝那边看,看到李晶已经拿起了一把儿香蕉,黄黄的,她也许会看到自己和两个警察在这里站着,她也许会冲过来,她也许会问这两个警察出了什么事,她也许会把事情弄大,弄得全世界都知道。

"你们还有什么事?"

老黄对这两个警察说,心开始怦怦乱跳。

胖警察掉头也往东边看了看,对老黄说:

"好了,你把你的电话再留一下就可以走了,有什么事我们再找你。"

老黄松了一口气,马上把自己家里的电话说了出来。

"再说一遍。"

瘦警察说。

"2499999。"

老黄说。

"怎么这么多九?"

瘦警察要老黄再重复一遍。

"就这样吧,不过我们也许还会找你。"

那个胖警察在手机上把老黄说的电话号码记了下来,"嘀嘀嘀"地按按钮,按完又看了一下,然后才和那个瘦警察一前一后开始过街。他们一扭身又一扭身让过一辆车又一辆车,很快就已经过到了街对面。那边有一个牛奶摊子,胖胖的摊主是和老黄一个院子的人,每天都会把一车各种品牌的牛奶推出来,早上卖一阵子,晚上再推出来卖一阵子。老黄发现卖牛奶的老头在朝这边看，好像是卖牛奶的老头已经发现了这边的问题。

老黄马上把脸转了一下，觉得自己还是应该马上回家去，趁自己老婆没有看到自己，这种时候，最好别再节外生枝。

老黄再次回到家里，他想让自己好好儿静一静，他打消了去厨房给老婆和女儿做晚饭的念头。他心慌意乱，到里屋用一根手指把电视开了，电视里正在演白先勇青春版的昆曲《牡丹亭》，那年轻美貌的杜丽娘正在屏幕里且歌且舞，每唱一句都要做一套繁复的动作，已经唱到了"一丝丝垂杨线，一丢丢榆夹钱"。老黄坐在那里根本看不进去。这时候门响了，当然是老婆李晶回来了。老黄赶忙从沙发上跳起来，一下子，慌慌地坐到电脑旁边并且把电脑快速打开了。电脑放在一进门那边，放电脑的桌子总是被小竹弄得乱糟糟的，小竹虽然已经上了班，却还像个小孩儿，从来都不知道把桌子和屋子收拾一下，电脑桌上总是放满了乱七八糟的东西。老黄这时候忽然火儿了，把女儿小竹放在电脑桌上的东西一下子扫到地上去，那是几本《时尚》杂志，几支笔和一个很好看的红漆手镯，镯子上边雕满了牡丹花，镯子旁边还有一个小竹上大学时用的放笔的金属筒，金属筒上画满了可笑的动画。老黄差点儿把自己从韩国带回来的那个茶杯从电脑桌上也扫下去。这只杯子很别致，老黄去韩国没买什么东西，那边的东西太贵，比国内几乎要贵三四倍，但为了纪念他特意在济州岛带回这么一个杯子，这只杯子的盖子可以做杯托，杯里还有一个篦子，但因为太小，喝茶的时候要不停地倒水。老黄在韩国的时候，别人都去找了韩国小姐，唯有他不敢，在屋子里待着看电视，看腻了电视就下楼去走走，那天下着雨。

老黄的老婆听到屋里的动静了，问了一声："啥东西掉地上了？"

老黄在屋里没说话，喘口气，又弯下腰来，把地上的书和本子都一一捡了起来。他总是这样，在家里想认真生一下气，但又不敢。老黄的老婆这两天正为老黄执意要修卫生间有些不高兴，她始终认为这是白花钱，更重要的是她认为小竹已经找上了对象，小竹结婚要花一大笔钱，所以这时候不应该花这些没必要花的钱。用她的话说就是"没一点用"。老黄是一听她这话就来气，就说人活在世上未必做什么非要考虑有用没用，花有用没用？花没用你插它做什么？暖气罩子有用没用？没用你还打罩子做什么？一个人有没有品味主要是要看这个人有没有闲情逸致，问题是所有世界上的闲情逸致都没有用，连丘吉尔那样的伟人还养鹦鹉呢。老黄的话再说下去就有些伤人了，老黄说自己老婆李晶压根儿就不懂这些，因为李晶她们家压根儿就没有懂艺术的。老黄又说古话说得好，三辈子才懂得吃饭，五辈子才懂得穿衣。老黄这边这么一说，老黄的老婆李晶那边就急了，说："你们，你们不过是臭斯文。凡是人，谁生下来不懂穿衣吃饭。"

　　老黄的老婆李晶照例是一回家就先上厕所，为了节省电，她照例是不开灯，她不像老黄和他们的女儿小竹，一坐到抽水马桶上就要看书，老黄是看菜谱，小竹是看关于美容的书。李晶就那么黑乎乎地在厕所里蹲了好一会儿，老黄才听到卫生间里终于传出来"哗啦啦"的放水声。李晶从卫生间里出来直接去了阳台，装潢家的时候老黄把厨房放到了阳台上。老黄听到李晶在阳台上说要他给小竹打个电话，问问她回来吃还是在外边吃。李晶的意思是小竹要是不回来吃，那她就做面疙瘩汤，放一个山药在里边煮煮，再放一个西红柿，再打两颗鸡蛋。她总是这样安排晚饭。老黄只好打了电话，女儿小竹在电话里显得很烦，说已经在车上了，马上就要到家，说手机已经没多少钱了，就这样吧。老黄打完电话也没去阳台，他去了卫生间，想在手上擦点护肤霜。每次洗完澡，他都会发现自己的手很干燥，秋季是个干燥的季节，指甲那里总是掉皮，他站在卫生间里往手上擦油的时候通过卫生间和阳台之间的小窗口对阳台上的李晶说："你宝贝姑娘回来吃饭，你看着做。"

老黄把手在鼻子前闻闻，又说：

"我晚上不吃了，我觉着头晕，可能血压又高了。"

"你说什么？你到阳台上来说，我听不见。"

李晶在阳台说。

老黄去了阳台，李晶已经围上了围裙在那里剥葱，那是一根很粗的葱。

老黄家里的阳台是个细长条儿，收拾得很干净，白瓷砖的窗台上放着五个朱红色的倭瓜，倭瓜旁边是一排西红柿，窗下是一摞整箱的饮料。老黄自己从不喝这种饮料，建议李晶和女儿也不要喝，原因是里边有防腐剂。他总是说饮料里有防腐剂，所以现在她们也都不喝，那些饮料李晶又舍不得送人，所以从过年就一直放在那里，只有当客人来了李晶才会取出几瓶招呼客人。

"我已经看过塑钢和护窗了。"

李晶的兴致显得很好，她对老黄说她下班的路上顺便看了好几家，比较了一下，她转身把一块塑钢料拿过来让老黄看。老黄说自己也不懂这个，李晶便说八十个宽的是一百八十一平方米，六十个宽的是一百六十一平方米。

"咱们当然要八十个宽的。"

老黄说："护窗呢，是十四个粗还是十二个粗？"

"十四个的实际上就是十二个粗。"

李晶又取出一段钢筋要老黄看。

"我不看了，看了也不懂。"

老黄突然说："在这个家我从来都是说了不算，什么事都是你说了算，我无论做什么事你都说不好，你来定就行了。"

李晶看看老黄，不说话了，不说话就是表明她心里很满意。卫生间的装修图也给她看过了，她也说不出什么。老黄那天还想把女儿小竹也拉到卫生间里说说,小竹却说这种事她不管,怎么装修都可以,只是务必要安一面大镜子,可以照全身的那种。小竹说家里怎么就不安面大镜子。小竹现在平均每天都要在镜子前消磨一个半小时,早上,一张脸是洗了又洗,然后再细细化妆,有时候老黄实在是给早上的那泡小便憋得受不了,便隔着门对小竹说:"我先上一下卫生间好不好?"小竹便明显的不高兴,说:"爸你凑什么热闹哇,怎么非要挑别人在卫生间里的时间你也要上卫生间。"到了晚上,小竹在卫生间里消磨的时间更长,老黄实在是憋得受不了,会把尿分好几次尿在那个紫砂的小笔洗里。老黄有时候会给憋火儿了,就对小竹发火,说:"小竹你赶快滚蛋吧,想去哪儿去哪儿。"老黄奇怪女儿怎么会变成了这样,而且,更不像话的是天天都要洗一个澡,这也太费电了。"你怎么不在学校里洗,又好洗又省钱。"老黄那天对小竹说。老黄这么一说小竹就火了儿。"我在学校洗什么澡,碰到了学生多不好看,光溜溜的,多难看。""我也是当老师的,我当年还不是和学生们一起洗澡?"老黄说。"你那是什么时候,现在是什么时候?再说你们是男人。"小竹说。"为了省钱你也该到学校去洗,你看看这个月的电费又是一百多。"老黄对女儿说。"我给出五十,有啥了不起。"小竹说。不用过多长时间,老黄会马上对自己说的话表示抱歉,他会用那个韩国茶杯给小竹倒一杯香得让人脑门都发疼的乌龙茶,端过来,说:"爸爸不会跟你要钱的,你还能在家里待多长时间,所以爸爸会珍惜和你在一起的分分秒秒。"老黄这么说的时候自己就先感动了起来,眼睛不由得有些红了。"还让不让人看电视?"小竹却不感动,脸朝着电视,脱口就是这话。老黄只能在一旁张大了嘴,从侧面看着女儿,他总想着和女儿能好好儿说会儿话,但怎么也说不到一起。

　　里屋的电脑还开着,老黄又去了里屋,电视里的古装女人突然喊了一声,"县太爷,你要为民女做主哇"。老黄愣了一下,屏幕上，不知什么时候已经换了一出戏，老黄想弄清这是一出什么戏，但好一阵子都想不起来。

"我晚上不吃了。"

老黄坐下来，又开腿，身子往后仰，用两手抱住自己的后脑勺，对阳台那边的李晶说。

"是不是晚上又有吃饭的地方？"

李晶在阳台上说。

"我难受！你知道不知道？"

老黄大声说：

"我难受！"

"我又不是大夫，难受怎么不去医院？"

李晶在阳台上说。

"我才不愿去医院。"

老黄从沙发上跳起来，穿过厅子，走到餐厅的那张花梨木方桌前，他想起吃药了。"哗啦"一声拉开小抽屉，把晚上要吃的药取了出来，他声音很重地把那些药瓶都取了出来放在桌子上，然后再把药片一样一样放在手心里：一粒褐色的复方降压，一粒白色的肠溶水杨酸，一粒棕色透明的深海鱼油，一粒深褐色透明的卵磷脂。老黄把这些药放在手心里看了看，叹了口气，一把把它们送到了嘴里。

"妈的，现在就没一个好人。"

老黄大声骂了一声。

"你怎么了？"

李晶在阳台问了一声。"哗"的一声，把什么下了锅，是葱花儿，味道很快就在屋里散开了，老黄知道李晶又在锅里放了很多葱花儿。

"我给你和你女儿买了包子，牛肉芹菜馅儿的。"

老黄忽然想起了这事。

"明天你自己好好吃吧。"

李晶磕了一下手里的铲子,"砰"的一声。

"你和我生的是什么气?"

老黄气呼呼地来到了阳台。

"我生气,我生什么气?你今天怎么了?"

李晶侧过脸,奇怪地看着老黄,又翻了几下手里的铲子,停下来,又看老黄,又翻了几下手里的铲子,说:"你女儿今天又跟着黄金去看房子了,已经看七八处了,看样子他们准备结婚了。"

"你是不是不希望他们结婚?"

老黄说,他想把自己的情绪控制一下。

"你今天是怎么啦?我不希望他们结婚,你说什么?"

李晶看着老黄。

"那你想说什么?"

老黄说,把身子靠在门上。

"小竹说想要分期付款,也不知是不是黄金的主意。"

李晶说分期付款我看不好。

"那又怎么,现在很多人都在分期付款,没什么不对。"

老黄说北京那边也都是这样,连外国也是这样。

"我不同意。"

李晶用铲子磕了一下锅,把一片菜叶从铲子上磕下去,然后才对老黄说:"要分期付二十年你知道不知道?到时候不单单是你跟我老了。"

"要是一两年能付完还叫什么分期付款?"

老黄说。

"我不愿我女儿和我一样,一进门就过穷日子。"

李晶说。

"你怎么啦,咱们那时候谁结婚和咱们不一样?"

老黄最怕自己老婆说这种话。

"当然不一样，人家那时候就有录音机，你有没有？"

李晶说。

"你现在什么没有？"

老黄说，"咱们家那么好的录音机你听吗？还不是给塞在沙发壳子里，还有那些录音带，你听过一回没有？"

"别人戴那么大的钻戒，我有吗？你给我买过没买过？"

李晶忽然把手朝老黄伸过来，五个手指张着。

"现在谁戴真的，戴出来的都是假的，要是真钻戒还了得，连那些著名演员戴的都是假的，别看她们珠光宝气，其实是玻璃气，亮闪闪的玻璃气。"

老黄忽然想笑，自己的这种形容太好了，"玻璃气"。

"你说都是假的？"

李晶看着老黄："说你骗谁？"

"真的谁敢戴，这么大，这么大，这么大，还有比核桃都大的！还有比苹果大的，还有比拳头大的，你相信那是真的？要是真的社会上乱哄哄的还不让人把手给砍下来。"

老黄用手一下一下比画着，激奋地说。

"现在这社会又这么乱！"

"你怎么啦？"

李晶看着老黄。

"没事！"

老黄说。

三

老黄这天的心情糟透了，那种幸福感一点点都没有了，他很怕李晶发现自己心情不好，要是让李晶发现了自己心情不好，她一定会不停地问来问去，那就更让人心烦。到了晚上，老黄还是吃了饭,吃了一点点李晶做的面疙瘩汤,面疙瘩汤里加了香油和香菜,味道还可以。老黄平时的食欲总是很强,吃饭总是大口大口地吞咽,而且节奏总是比李晶快,他总是把自己要吃的那一份儿一下子拨在自己的碗里吃完就算。要是想慢慢吃这顿饭,他就只能是一边看书一边吃,看书的时候他会把他的黑边圆眼镜摘下来放在一边,不知从什么时候开始,老黄的眼睛已经老花了。但他又不肯承认自己老花了,只说这么看书舒服一些。这天晚上老黄的吃饭节奏明显慢了许多,吃得心不在焉。他一边吃一边和李晶说小竹的事,他想让自己轻松一下,说小竹和黄金去了五台山两天会不会那个了?说现在的年轻人不把那事当回事,又说到小竹和黄金结婚的事,说现在的婚礼主持人总是拿新郎新娘的父母开玩笑的事,说那简直是耍流氓,问题是,现在的人越变越流氓了,什么话都敢说,什么事都敢做。那些婚礼主持人真是下流,他们下流还不说,还让整个场子都被调动被下流起来。

"所以小竹结婚的时候咱们最好不要请主持人。"

老黄说他已经想好了。

"还是应该请吧?主持人不介绍谁知道谁和谁的关系?"

李晶说。

"到时候我带着你挨着桌走一圈儿就都认识了。"老黄说,"那还不容易。"

"带我做什么?"

李晶说:"你要带的是你姑娘和黄金,让他们给客人挨着敬敬酒。"

"我看你姑娘过年不可能办。"老黄说,"房子买下来还要装,装也得两个多月,铺地板,做木工活儿,最后油漆粉刷,最少也得两个月,到时候油漆味儿还怕跑不光,问题是油漆味儿可能致癌你知道不知道,听说在那种油漆味儿里生豆芽都生不出来,为什么？因为豆芽也要呼吸。"

"最好是能离咱们近一点儿，能互相照顾照顾。"

李晶对豆芽呼吸不感兴趣，她说她心里想说的，说："让小竹住得离自己近一些也不是要他们今后照顾咱们，到时候还不是给他们看看小孩儿，小竹有个什么事可以不必急着赶回来，中午也方便回来吃口饭，说到底，吃饭还是人多一点儿香，要是一个人，我连菜都不会炒了，下面条也许都不会下了。"

老黄忽然笑了一下，看着李晶。

"你笑什么？笑我？"李晶说。

"笑你干什么？"老黄说，"我是笑咱们姓黄的找了他们姓黄的，生个孩子就叫三黄好了，说实话我都不喜欢我自己姓黄。"

"生个男孩儿就叫黄纳，生个女孩儿就叫黄娜。"李晶说，"已经想过了，姓黄的真还不好起名字，如果小竹生下男孩儿就叫'黄纳'，是绞丝旁的纳，生下女孩儿就叫'黄娜'是那个女字旁的娜，你念念，好听不好听？"

老黄两眼看着李晶，手指在餐桌上画了画，其实他在心里想别的，嘴上却说这名字还可以。但还可以起更好的，老黄心不在焉，要在往日，他总是早早吃完去看他的电视，可今天他一直陪着李晶吃，一直等李晶吃完。李晶吃饭的时候老黄就一直在厨房里坐着看那几张过了期的《文物报》，又有人挖了一座古墓，挖出了一些烂陶罐。还有人向国家捐献了一些字画，结果后来发现都是假的，都是仿品。

"我们姓黄的生孩子叫'黄鼠狼'或'黄瓜'也挺好。"

老黄想开个玩笑，自己却没笑出来。

李晶笑了好一阵，然后去了阳台。

"要不就叫'黄花菜'。"

李晶在阳台上说。

李晶收拾完厨房已经快八点半了，她端了一盘烂苹果过来，苹果还是八月十五的时候老黄的学生送的。过节的时候，总是有人送老黄东西，那些东西放在那里即使不吃，老黄看着在心里也会有一种幸福感。还有酒，酒的作用在老黄这里不是喝，而是摆在那里给老黄一种幸福感。

"扔了多可惜，你也吃一个。"

李晶递给老黄一个削过的烂苹果。

老黄把苹果接了过来，咬了一口，又咬了一口，要在往日，老黄肯定不会吃这些烂苹果。

"你是不是有什么事？你怎么这么听话？"李晶看着老黄说。

"我能有什么事？没事。"老黄说。

"我看你心不在焉的样子。"李晶说，"是不是单位里又有事？"

"今天下班回来你干什么去了？"老黄问李晶。

"什么也没干。"李晶说。

"我看见你下车像是买香蕉，香蕉呢？我没看到香蕉？"老黄说，"你怎么没买。"

"那个贩子的香蕉要两块五毛。"李晶说她没买。

"别人的要多少钱？"老黄问。

"两块吧。"李晶说。

"多五毛你就不买了？"老黄说，"你越来越会过日子了。"

"你在什么地方看见我了？"李晶说，"我怎么没有看到你？"

"跟你说我去买包子，从这边过街的时候看见你了。"老黄说。明白李晶没有看到他和那两个警察，这样最好，要是看见就麻烦了，一点点小事李晶都会问来问去。

小竹就是这个时候回来的，她在外面按了一下门铃，又按了一下门铃。小竹的性子很急，没等家里把门替她打开她已经自己开门进来。小竹手里又提了一提袋关于房子的资料，那种印刷十分精美的册子。小竹每看一回房子就会提回一大堆关于房子的资料，现在的房子资料印刷得真是精美，简直就是画册。李晶很喜欢看这种画册，每看一回心里就会难过一回，每看一回就会说起她刚结婚和婆婆一块住的事。那时候老黄还住在黄瓜园，是一南一北两室的房子，还没有厅，只有一个光线很暗的小厨房和一条狭长的过道，过道里要是放两辆自行车，过人都很困难。卫生间就更小，黑咕隆咚刚刚能蹲下一个人。老黄的母亲那时候住了朝阳大的那间，老黄和李晶住小的背阴的那间。生下小竹后，有一次过年打扫房子，老黄和李晶把家具倒来倒去，家里乱得了不得了，老黄悄悄对李晶说："咱们现在是三口了，是不是可以趁刷房和妈把房子倒一下。"李晶当时就表示反对，说："你母亲上年纪了还是住在朝阳那头儿好。"结果李晶和老黄在小房里一住就是五年，为了这事，老黄直到现在对李晶还心存感激，李晶是个心眼很好的女人，虽然嘴有时候有些不好。

"你又去看房子了？"

李晶问小竹。

"累死我了。"

小竹在卫生间里说。

小竹一回来就先去了一趟卫生间，她这习惯和她母亲一模一样，总是要把肚子里等待排泄的东西带回家来解决。小竹和她母亲的不同之处是一进卫生间就要把所有的灯都打开。小竹在卫生间里还擦了一下脸，然后，从卫生间出来，坐过来，一家三口人就都坐到里屋的沙发上了。这就是老黄家的生活，不能说是刻板，但有点像是印刷品，每一页上都是铅字，细看不一样，猛看一模一样。老黄和李晶一边看电视一边还在吃他们的烂苹果。小竹说她要减肥就不吃饭了，只去厨房热了一个包子拿在手里吃着。李晶把苹果核放在盘子里，不看电视了，她凑在电脑桌边的灯下翻那本小竹带回来的房子画册，画册印得实在是太精美了，以至于在灯下有点反光。看着画册，李晶忽然对女儿小竹说她已经替小竹想好了。

"想好什么了？"

小竹说。

"要不就买套二手房子，二手房子也不错。"

李晶对女儿小竹说。

"咦，您同意我买二手房了？"

小竹说。

"你和黄金也可以看看咱们旁边邻居的房子，重新装一下和新房也一样。"

李晶说前几天她特意为了小竹到邻居那边看过了，虽然邻居那边那些木地板被拆掉有些可惜，可现在铺的白地砖让人感觉家里一下子亮堂了许多，最让李晶感兴趣的是阳台，到处是亮晶晶的，李晶还让老黄也过去看，老黄居然也过去看了一下。从邻居家出来后老黄告诉李晶邻居家阳台上用的都是水晶板，虽然现在最时兴，不过也最小气。老黄说只有没受过多少教育的小市民才会喜欢这种低级的亮丽。老黄坚持认为家里装修还是柔和一些好，若下次家里装修阳台定要做亚光的。

"我想过了，现在的房价正是最高的时候。"

李晶又对小竹说二手房只要布局合理也行，主要是现在正赶上房价到了顶峰，现在买房太吃亏，先买套二手房，等什么时候房价下来后再买合算。

"我和黄金准备分期付款。"

小竹说她和黄金已经看准了水景园那边的房子，水景园离老黄家不远，紧靠着那条河。河对面是学院区，学院区和水景园之间是个生态公园，种了许多树，当然还种了许多草，别的不说，只说空气就要比市里好得多。

"你又说分期付款？"

李晶不看画册了，看小竹的脸，小竹的脸上最近长了不少小疙瘩。

"一百二十平方米的三十五万，先付十万，剩下的二十五万再付二十年。"小竹说。

"二十年？你有几个二十年？"李晶马上叫了起来。

"现在人们买房都是分期付款。"小竹说。

"我不能看着你一进门就过穷日子。"

李晶把画册合上了。

"怎么就是穷日子？"

小竹说她一个月挣一千五，黄金一个月也差不多一千五，两个人的工资加起来是三千，每个月还八百块钱的贷款，还剩两千二百多，够生活了。

"你们不要孩子？孩子一个月要多少钱你知道？雀巢奶粉一桶多少钱你知道？"

李晶说："这还不说别的，七的八的加起来你还过不过日子。"

"我们不要孩子，起码是近几年不要。"小竹说。

"你多大才要？三十岁？四十岁？啊呀，你最好六十岁再要。"

李晶有点儿火儿了。

"这是我们的事。"小竹说。

"放屁是你自己的事！"

李晶火起来了，她最近也总是很容易就发起火儿来。

老黄看看李晶，他说他也不同意小竹晚要孩子。

"说房子，老黄你说！"李晶对老黄说。

"孩子当然还是早要好，双方父母可以帮你们带一带。"老黄说。

"你说房子的事，谁让你说孩子了？"李晶说。

"现在到处是分期付款买房子。"

"这种事一点都不新鲜，好多人都这么做。"小竹说。

老黄看着李晶。

"说一千道一万我也不同意你分期付款，到时候一进人家门就还账，我不能让你和我一样一进门就过穷日子。"

老黄最怕李晶说这种话，他马上掉过脸去对小竹说："分期付款我看就不错，有压力的日子才是年轻人要过的日子。"老黄又掉过脸看着李晶，说："我知道你下边要该说什么了，我最讨厌你说谁谁谁的儿子又找了个矿长的儿子，又有车又有很大的房子。"

"反正不能分期付款买房子。"李晶说。

"是我过日子还是您过日子？"小竹说。

"是你过也不行！"李晶说。

"我过日子就有我自己的打算，您不能替我打算。"小竹说。

"反正这事我定了，就是不能分期付款，他黄金能结婚就结，不能结婚就别结。"

李晶的火儿突然大了起来。

"那您让我们什么时候结？"

小竹在一旁笑了一下。

"多会儿有房多会儿结。"

李晶更火儿了，声音很尖。

老黄在旁边看看李晶，说："你不要这么大声好不好，邻居们还以为咱们是吵架。"老黄站起来，到窗那边去，对面楼的一家厨房里有人在炒菜，可以看到煤气炉把那张小脸映得很亮。老黄把窗子"砰"地关了，然后又去了厨房，把那边的窗子也关了，这下子好了一点，外边听不到屋里的声音了。老黄又回到屋里，看看李晶，又看看女儿小竹，说自己该出去量一量血压了，再这么下去血压就有危险了。老黄在厅里换鞋的时候又朝屋里说了一声，说他同意小竹的做法，分期付款不是不可以，如果因为买房子给人家黄金家造成很大的困难咱们也于心不忍。

"年轻人的日子最好要有一个曲线，上升的曲线，不要一结婚什么都有了，什么都有就是什么都没有，连意思也没有了，没意思的日子有什么意思。"

老黄对屋里说。

小竹在屋里忍不住笑了一下，为"没意思的日子有什么意思"这句话。

"当然有意思。"

李晶在屋里很火儿地大声说。

"当然没意思！一说话就这么大声音有什么意思！"

老黄突然也火了，说李晶："你怎么现在变成这样了，动不动就是钱，让你姑娘找个矿长的儿子，钱倒是有，人家再在外面玩儿个二奶你说说哪个好，让你女儿再找个八十岁的，钱更多，你找也可以！"

"放屁！"

李晶把吃过的苹果核儿一下子都扫到地上去。

老黄愣了一下，李晶说脏话说明她真是火儿了，老黄不想和她再说下去了，他也不敢，白天发生的事让他一点点都不敢对李晶发火。老黄拉开门出去了，他觉得真是烦死了，警察的事加上现在的事。李晶现在怎么会变成了这样，更年期也不应该这样。老黄出了门，转过了他住的那栋楼，小区门口那边，还有人在灯下打扑克，小区外边很热闹。老黄出了小区，他要散散步。慢慢绕着小区走一圈儿。也就是十分钟的事，要是心还静不下来，他会多绕几圈儿，他是从东往西绕，从胡同出去往南，再往西，再往北就绕回来了。有一对小青年在电力宾馆前紧紧搂着，搂得不能再紧了，再紧就没一点点办法了。有一个年轻人忽然出现在他们旁边，真是离不远，笑嘻嘻拉开裤子就开始小便。电力宾馆旁边的小书店里有几个人在翻书，好像是看了好一会儿了，靠着书架。再旁边的茶叶店里有人坐着喝茶。喝茶的人里边有认识老黄的，是那个大鼻子老白，就住在老黄楼上，老白冲老黄招招手，笑眯眯地说："老黄你也进来喝杯茶，喝杯王老板的好茶。"

"不了。"

老黄对老白摆摆手。

"咱们的门铃怎么又坏了？"

老白对老黄说。

"我再也不管这麻烦事了。"

老黄又摆摆手，说上次门铃坏也是按着墙上贴的方便名片找的人，让人们去找吧，问题是人人都能找得到，自己再也不管这种事，再说自己很忙，上半年在外边跑了大半年，这个月还要去一趟太原开会，十二月底还要去一趟泸沽湖。

"都是你旁边那家人搞装潢搞坏的，天天把防盗门用破砖头支来支去。"

老白对新来的邻居很不满。

"都是邻居，也不方便说什么。"

老黄说。

"你不坐下来喝一杯？茶真的挺好。"

老白又说。

"不喝。"

老黄说自己从来都不怎么喜欢喝乌龙，再说这时候也不是喝乌龙的时候。

"那两个警察，下午，是不是向你调查车牌子的事儿？"

老白忽然说。

老黄忽然愣了一下，站住了。

"我看见那两个警察在门口儿拦住你还以为是问车牌子的事。"

老白笑了起来。

"你看见我了？"

老黄说。

"我还以为那两个警察找你问车牌子的事，这几天警察正调查车牌子的事。"

"车牌子？"

老黄不知道老白在说什么。

老白说小区里这几天一共丢了八个车牌子，说那些偷车牌子的人总是把车牌子放在小区的某个角落，然后再给丢车牌子的车主打电话，让他们一个车牌子交二百，然后才把车牌子放在什么地方告诉车主。老白说警察这几天正在调查这件事，可又抓不到人，查电话也查不到，到银行里查银行账号也抓不到，那些偷车牌子的都是年轻人，连警察都不知道他们是在什么地方打电话，也不知道他们在银行里的账号是怎么回事。

"院子里已经丢八个车牌了？"

老黄吃了一惊，他还不知道这种事。

"你说是不是丢得少？"

老白看着老黄。

"我看那些警察都是吃大便的！"

老黄突然就愤怒了起来，说也许他们就是那些偷车牌子的家伙的同伙儿！

"老黄你说对了，我看差不多就是贼喊捉贼。"

老白拍了一下手，老白的鼻子很大眼睛却很小，样子长得很滑稽，当年开饭店挣了不少钱，现在什么也不做，天天和朋友们打打牌喝喝酒，日子过得很舒服。

老黄忽然不想走了，想坐下来和他们一起喝杯茶，但他不愿意回答老白的问题，只说那两个警察是他的同学。

"不过，我也不想有当警察的同学！有当警察的同学太丢脸，因为警察差不多都是硬狗屎！又臭又硬！"

老黄气愤地说。

四

老黄已经摸透了李晶的脾气，只要他一动气，李晶那边基本就没什么事了。

第二天，老黄早上起来的时候，李晶正在蹲厕所。老黄轻手轻脚要出去的时候，李晶在卫生间里忽然开口说了话，问老黄是不是去菜市场，要是去的话不妨再到花市那边看看有没有粉色的百合。

"怎么又买花？"

老黄说瓶子里的水竹不是好好儿的，问题是，节日已经过去了，下一个节日还没有来到，老黄家里的习惯是过节的时候要插些花。

"黄金他父母今天中午要请咱们吃饭，你说这和过节日有什么两样？"

李晶在抽水马桶上说："你一辈子只有一个姑娘，你知道不知道？"

"吃饭是在饭店，花可是往家里插，你总不能带着花瓶去饭店？"

老黄说，想笑一下，但没有笑出来。

"吃完饭他们还不来家里坐坐？家里还不布置布置？"

李晶在卫生间里说。

"想不到他们倒要先请咱们吃饭？"

老黄说。

"当然是应该他们先请咱们，然后咱们再请他们。"

李晶在卫生间里说。

"订了饭店没有？"

老黄说。

"还没订，咱们答应了去他们才敢订。"

李晶说要不咱们就去吧，迟早是亲家了。

老黄不走了，回身站到卫生间门口和李晶说话，说："去可以，就是不能谈具体的，不能像别人那样一见面就谈金项链什么的，那样太俗气，要是谈这些我就不去，去了也最好别说房子的事，别像你昨天晚上，动不动就动气，还胡说。"

李晶坐在马桶上慢慢地说："老黄你也别再说昨天的事，说今天的事吧，你去还是不去？"

"当然去，这种事我能不去？"

老黄说。

"别到时候你又有应酬，你想想，老张姑娘结婚是不是今天。"

李晶说。

"去可以，你别说房子的事，你想一想，咱们家加上黄金他们家，两家各有一套房子，咱们还是两套，这房子到后来会是谁的？小竹他们要这么多房子干什么？所以去了最好什么也不谈，联络感情就是。"

老黄去厅里电话旁看了一下台历，老黄有什么事都会记在台历上，老张的姑娘结婚不是今天的事，是七号。看完台历，老黄又站在卫生间门口看着李晶。李晶穿着那身白地粉花儿的睡衣，在家的时候，她总是穿着这身睡衣，脚上是那双小竹从五台山给她买回来的绣花鞋。

"反正女儿是你的女儿，她姓黄，又不姓我们的李，你看着办吧。"

李晶坐在马桶上看着老黄的脸，这说明她已经不生气了。

"要不，我等你，咱们一起去菜场转转？"

老黄看着李晶。

老黄很少和李晶一起转菜市场，转商店的时候也很少，主要是李晶看得十分细，什么都要看，什么都要问一问，常常弄得老黄心里很烦。但老黄认为自己在这个时候绝对不能和李晶闹一点点矛盾。昨天晚上老黄失眠了，一晚上没合眼光想那两个警察的事，他弄不清那两个警察是怎么回事。是不是有人有意在背后害自己，问题是自己什么也没干，要是真干了小姐也算，要是有人故意在背后害自己那就太可怕了，谁也拿不准下一回还会有什么事。

李晶已经打消了洗脸的想法，她说回来再洗。

"你也不换换衣服？"

老黄对李晶说。

"回来再换。"

李晶说："现在早上出去锻炼的人哪个穿的不是睡衣或者运动衣？还有穿短裤就出去跑步的，还有穿三角裤也去公园跑步的，这个世界大了，什么人都有。"

"穿三角裤？"

老黄看着李晶张了张嘴，想说什么，但还是没说。

李晶跟着老黄去了菜市场。菜市场在老黄家小区的西边，过了那条街再往西去就是，南边正对着儿童公园，所以这里特别热闹。因为热闹，所以来这里的人特别多，人这种动物就是喜欢往人多的地方跑，菜市场外边的街道两边都是菜摊。老黄和李晶在菜市场的入口地方先买了四个刚刚烙出锅的馅儿饼，等馅儿饼的时候买了五毛钱的绿豆芽，因为那卖豆芽的摊子就在烙馅饼的旁边，顺便还买了五毛钱的韭菜。买完馅儿饼，老黄和李晶又走到西边那个出口的地方买了两块钱的油皮，李晶知道老黄特别爱吃韭菜炒油皮，颜色就好看，金黄的油皮和碧绿的韭菜。往回走的时候老黄看鱼摊子那里的鲫鱼特别好，老黄又坚持买了十条鲫鱼。老黄想好了，这十条鲫鱼做好了要给自己母亲和小弟送过去四条，这样一来就是每人两条。老黄特别会做鲫鱼，用大量的香菜，一层香菜一层鱼，一层香菜一层鱼，鱼肚子里要填上大葱和姜块儿。老黄觉着自己最近一段时期说什么也要讨好着点儿李晶，最好还不要发生什么矛盾。从菜市场出来，老黄和李晶去了对面的花市，花市的门口和过道两边都是卖瓷器和花盆儿的。李晶最喜欢红色的玫瑰，老黄就买了一束红玫瑰，一束闻起来还很香的红玫瑰。

"你闻闻这花挺香。"

老黄让李晶闻闻玫瑰。

"你不是喜欢白的？"

李晶说。

"你喜欢什么我就喜欢什么。"

老黄说。

"你是不是有事？"

李晶看看老黄，说："老黄你不说这种话已经有二十多年了。"

"我能有什么事？"

老黄的脸忽然有些红，好在花市里的光线很暗，他用手摸了一下菊花。

老黄和李晶到家的时候小竹已经起来了，正在卫生间里收拾自己，脸上涂了许多美容泥，样子像非洲人。老黄用玻璃花瓶把花插好了，听见小竹在卫生间里说黄金刚才打来了电话说他们家已经把饭店订好了，就在东城那边的雅安饭店。

"不过是晚上，中午饭店的雅间都满了，现在人们都在忙着结婚。"

小竹拿了一个馅儿饼又跑到卫生间里去。

"你怎么在卫生间吃东西？"

老黄对小竹说。

"那有什么？又不是公共厕所。"

小竹说，看着镜子里的自己。

"你在卫生间里吃东西？"

老黄对女儿说。

"谁规定不能在卫生间里吃东西。"

小竹说。

老黄就不再说话了，跟着李晶去了阳台。

"晚上更好，我还可以去做做头发。"

李晶开始在阳台上收拾她的鱼，她计划把鱼收拾完再把老黄买回来的芥菜腌了，这用不了多长时间，做完这些，她要小竹跟她去弄头发。

"你陪妈去弄弄头发。"李晶对卫生间里的小竹说。

"我还跟黄金出去有事呢。"

小竹说她已经和黄金约好了。

"你以前可不是这样。"李晶说，"小竹，有了男朋友就不陪妈就不对。"

"我陪你去。"

老黄马上在一边说。

"这倒更稀罕了。"

李晶用手指一点一点往出抠鱼鳃，说："老黄你还从来没跟我去弄过头发，你什么意思？"

"我也想理一个发。"

老黄说这有什么稀罕，你要是觉着稀罕我就不去了。

"你是不是这两天有什么事？"

李晶在阳台上又说。

"我能有什么事？"

老黄说要是有事的话就是想晚上给黄金他父亲带瓶酒，最好是茅台，他们请客咱们带酒，毕竟是第一次见面。

"我看你最好什么酒都别带。"李晶说，"你这么做倒好像人家请不起你。"

"带酒才不见外。"

老黄说这样做才像是一家子人，一瓶酒，他和黄金父亲每人半斤。

"我怕你喝多了瞎说。"

李晶说。

"你也太小瞧我了吧？"

老黄搬了椅子，站上去，从餐厅的吊柜里找出一瓶茅台，看了看，摇了摇，说就是它了。老黄把酒取下来，去阳台找了块抹布擦拭酒瓶的时候李晶忽然停住了手里的活儿。

"你是不是有什么事瞒着我？我看你有点儿不对劲儿？"

李晶说。

"我平时是什么样？"

老黄告诉自己不要发火儿，倒"呵呵"笑了，说起了小区里丢车牌子的事，说后边楼那个开小吉普的胖子，那天在院子里提着根棍儿到处找，连车库顶子都上去了，想不到那牌子就在他们家窗台下边的一块地砖下边压着。

"咱们在家里居然什么事都不知道。"

老黄说这个小区一天到晚丢东西。

"咱们也得小心点儿。"

李晶说走廊门也坏了，到了晚上就那么开着，都是旁边邻居装修房子把门搞坏的，旁边邻居也不说把门修修，现在不自觉的人一天比一天多。

"你小点儿声。"

老黄说你小心让他们听到。

"听到怕什么。"

李晶说做人也不能做成这个样，光为了自己好。

"主要是现在的警察太不行了。"

老黄说警察要是有点儿真本事还会出这么多事，又是丢车牌子,又是……老黄不说了,看着李晶。

"又是什么?"

李晶说。

"警察要比小偷都坏。"

老黄说。

"怎么坏?"

李晶说,把鱼放在水龙头下冲。

"你没听说旁边那个小区最近出的事?两个警察硬说一个刚从澡堂洗澡出来的人找小姐,非要让人家出罚款,结果那人白白让罚了三千。"

"那人是做什么的?警察要罚他就让罚?"李晶说着把鱼放在竹篦子上。

"他敢不让罚?这种事会让警察越弄越大,到后来没的事成了有的事,小事会变成大事,这就是警察最大的本事。"

老黄说。

"还是那人有鬼,没鬼怕什么?"

李晶开始洗菜了,"哗啦哗啦",她把洗过的芥菜捞出来放在另一个池子里,再在池子里放水,在这个池子里洗好了芥菜再把菜捞到另一个池子里,再在另一个池子里放水接着洗,这样倒过来倒过去地洗了几回芥菜就洗好了。

"有鬼!有屁的鬼!"

老黄说,瞪着眼。

"你瞪什么眼?"李晶说老黄,"你怎么了?你怎么知道那个人没鬼?"

"问题是一说警察我就来气。"

老黄说。

"咱们又不跟他们打交道,你气什么?"

李晶说:"你还是帮我把坛子搬过来吧,还有酒,你用酒擦擦坛子。别像去年，没等吃几口就臭了，不过你先把馅儿饼吃了再说，要不待会儿就凉了，还有包子，你把它放在冰箱里边，咱们中午吃米饭，有鱼就不能吃包子了。"李晶又想起了晚上去吃饭的事，说："老黄你晚上穿什么衣服？我看你还是穿西服吧？你最好穿得体体面面。"李晶不但要老黄穿上西服，还要让老黄把那双三接头的皮鞋也穿上。

"那样你就会更气派。"

李晶说。

"那我来腌菜，你去做头发。"

老黄对李晶说。

"我来腌菜，你去理发。"

李晶说她不能让别人看到她自己的男人在发廊那种地方等自己，要是让自己男人在发廊等自己，那就说明自己的男人是个无所事事的人，李晶要老黄先去理发。老黄居然变得很听话，说那他就不帮着收拾鱼了，再说他也帮不上手。老黄便去换了鞋，又把手机带上，去理发了。就在一出小区南边的那家发廊，老黄不但理了发，还把头发染了一下。老黄已经有白发了，但不多，老黄还是把头发染了染，这样一来，老黄就显得更加年轻。

"嚯！"

楼上的老白在小区门口看见老黄了，笑嘻嘻说老黄是不是有什么喜事。

"人怎么一下子好像是年轻了十岁。"

老黄的脸一下子红了起来。

晚上终于到了，老黄全家坐出租车去了饭店，让老黄想不到的是黄金的父亲大老黄也拿了一瓶同样的茅台酒。但他们无论怎么努力也不可能喝掉两瓶，老黄说哪一瓶的度数高就喝哪一瓶，结果是大老黄的那瓶茅台度数高，当然他们就把大老黄的那一瓶喝掉。让老黄更高兴的是喝酒的时候大老黄告诉老黄他们已经定了要给小竹他们买一套新房，新房还没竣工，要到年底才可以全部交工，一共是一百二十八平方米。大老黄说好了要小竹第二天去看房子，先看看样板房，看完房子如果满意就当下把房款一下子付清。黄金的母亲也是当老师的，在宴席上对李晶说结婚这种事一辈子就这么一次，所以不要住二手旧房，要买就买新房，更不要分期付款，一结婚就还债不是件好事情。

黄金母亲的话让李晶听了心花怒放。

"黄金的父母人真好。"

从饭店出来，李晶对老黄说。

"不是黄金的父母好，是咱们小竹的运气好。"

老黄是满嘴满身的酒气。

"对，从上大学到参加工作，小竹的运气真好。"

李晶说。

"还有你，多少人一下岗就没工作了，可你还有工作。"

老黄说。

"对。"

李晶很幸福地说。

"多少大学生毕业在家里待着，你姑娘可是一毕业就到大学教了书。"

老黄说。

"对。"

李晶说，觉得自己更加幸福了。

"多少人结婚只能住小房子，你姑娘一结婚就住一百二十多平方米！"

老黄说。

"对。"

李晶觉得自己整个人都给浸在幸福之中了。

"所以说我们是幸福的。"

老黄说。

"我们当然是幸福的!"

李晶说。

"多少女孩子找对象都找不上吃财政饭的,你姑娘一下就找到了。"

老黄说。

"对!"

李晶说,但她马上又说,说现在的警察最吃香,想干什么都能干成,想要什么都能得到,黑色收入又多,你看咱们二楼那家。"

"警察是什么东西!"老黄马上就有点儿火了,他打断了李晶的话,说,"怎么话说得好好儿的又说到警察干什么?真扫兴,警察算什么东西?你少说警察。"

"我爸爸说得对,警察最不是东西。"

小竹在一边说,说明天黄金上午来接咱们,咱们一起去看房子。

"好!"

老黄说,那种幸福感又回来了。

五

星期天这种日子总是好像要比平常的日子亮快得多。

老黄因为喝了酒,所以一晚上睡得很香,但他睡得再香,到了早上还是会按时醒来。他醒来了,先去遛了遛小狗。李晶和小竹也已经醒来了,而且开始了她们又一天的化妆。李晶的心情特别好,她想好了,十一点先去看房子,看完房子要让小竹的男朋友黄金来家里吃饭,她要做一个红烧肉,一个油焖笋,再做一个鸡翅，再做一个四鲜烤麸。她一起来就已经做准备了，木耳和金针已经泡在了那里。她要老黄去一下菜市场，去买五花猪肉和竹笋还有鸡翅，顺便再买一桶"梅林牌"的烤麸，她做烤麸就总是离不开梅林牌的烤麸。上午的事就这些，她已经做了安排。老黄洗了一下脸，他洗脸总是很快。然后是刮胡子，用那种三个刀片的胡子刀，这种胡子刀特别好使，可以把胡子刮得十分干净。老黄刮胡子的时候，耳边能听到天上这时又有飞机飞过，"轰隆轰隆"一阵子，老黄一直弄不明白这天上的飞机每天都在朝西飞飞到了哪里。他在心里想了一下地图，山西的西边是陕西，过了陕西是青海，好像就是青海，再过了青海好像应该是四川，过了四川是云南还是西藏老黄就说不清了。老黄心里想着地理方面的事，一直到他下楼。

"记住买铁桶的四鲜烤麸。"李晶在屋里又对老黄说。

"你真是婆婆妈妈！"

老黄说这件事他已经记了一辈子了，还不就是铁桶装梅林牌四鲜烤麸吗？

因为是国庆节长假，小区里又有人家在办喜事，有人正在往暖气井盖儿和污水井盖儿上贴红纸，也不知是什么意思，好像是怕霉气从井里冲出来把新娘和新郎裹挟走？有人站在报栏那里看报，是楼上的老白，他看到老黄了，笑了一下，说老黄你真精神，你怎么越活越年轻还像个小伙子？他又对老黄指指报栏，说月饼大战怎么还没结束？倒好像又要开始了，说你看看报纸，现在居然有黄金月饼，上边还镶宝石，就是不知道给什么王八蛋妖怪吃这种月饼。老黄凑过去看了一下报纸，也看到那张黄金月饼的照片了。要在平时，老黄总会骂出来，但他现在心情很好，所以只说了一句："有人做就有人买，让他们给那些王八蛋做吧。"

"对，就让他们给那些王八蛋做吧！"老白也笑嘻嘻地说。老黄在报栏那里停顿了片刻，他想对老白说说小竹买房的事，说说自己上午就要去看房子的事，但老黄还是没说。

"天气真好。"老黄一边往小区外边走一边对老白说。

"真好，下点儿雨就更好了。"

老白在报栏那边对老黄说。

从小区出来，老黄想自己应该从南边电力宾馆那边去菜市场，因为那边刚刚开了一家茶叶店，他想顺便看看有什么好红茶。过了中秋节，再过了国庆节，天就要凉了，是应该喝红茶了。老黄想好了，就朝那边走，他看着车，让车过去，却又来了一辆，是出租车，这辆出租车的司机以为老黄要打出租，停了一下，老黄忙朝司机摆了摆手。也就是这会儿，老黄听到有人在南边大喊了一声他的名字。

"黄作声。"

老黄站住了，南边街边的水果摊子是一个接一个，路边的水果摊子大多都是一辆一辆的小车，车上是要卖的水果，这两天树结柿子上市了，还有大量的猕猴桃。水果摊子后边是那个小熏鸡店，店里总亮着一盏小小的红灯，照着摆在那里的鸡胸、鸡腿、鸡翅和鸡爪，还有猪头肉，猪头肉总是亮光光的。老黄没有发现熟人，老黄怀疑自己是不是听错了，他继续往回走，这时候就又听见了两声：

"黄作声，黄作声。"

老黄这下子才听清了，声音是从菜铺那边发出的。老黄掉过脸去，一下子怔住了，又是那两个警察。这一次，那两个警察没有过来拍他的肩膀，而是站在那里喊。好像是喊老朋友。还朝他招手，意思再明白不过，是要让他过去一下。菜铺跟前有人在乱哄哄地买葱，那边刚刚下了一车葱。秋天是人们储藏葱的季节，人们买了葱，索性就在那里把葱打成一把一把。一个人在那里打，别人也就都在那里打。因为葱好，一车葱很快就卖完了，葱卖完了，但买葱的人们还都围在那里收拾他们的葱。

那两个警察又喊了，那个瘦警察的嗓子很尖。

"黄作声，黄作声。"

老黄很不情愿，心已经怦怦跳到了嗓子眼儿，但他还是走了过去，心里一下子变得又怕又恼，早晨的那种幸福感一下子就没了。因为这时又是人最多最杂的时候，而且，这又是在自家小区的门口。肯定是又有事了，在那一刹那，老黄产生了跑的念头，干脆拔腿就跑，冲过小区门前那条路，冲进小区，一直跑回自己的家，把门关起来，把自己藏起来。老黄不明白这两个警察为什么又会出现？为什么？已经给了三千，怎么又来了？往那两个警察跟前走的时候老黄已经后悔了，后悔自己怎么不装作没听到呢？但那不可能，那两个警察到时候会追上来，也许还会掏出枪，会一把拉住自己，也许还会把自己按在地上，到时候就更难看。

老黄的一张脸突然大红，他已经站在那两个警察的跟前了。

"我们等你好一会儿了。"

那个胖警察说。

"等我？你们等我？"

老黄想让自己的情绪稳定下来，他想自己应该和警察到一边去说话，找一个没人的地方。这一回一定要跟他们说清楚自己根本就没有找小姐，根本就不知道小姐是什么滋味，还要跟他们说明白自己是冤枉的。而且，要赶快离开这里，这里熟人太多，那些熟人会马上发现自己在和警察说话，如果记性好，如果前两天有人已经看到过自己和这两个警察在一起说过话，这时肯定会明白自己有事了。

"你们为什么总是在我家门口找我？"

老黄压低了声音说，火火儿的，但他又不敢发火儿。

"你是不是想让我们去你的单位？"

那个胖警察说。

"咱们到一边去说话好不好?"

老黄用很低的声音说。

"我们要是不去呢?你的口气好像是我们的领导。"

胖警察说。

老黄朝东边看了看,他想让这两个警察随自己到那边去说话,虽然李晶这时不会出现,但老黄还是想和这两个警察到东边的小区院子里去,那边认识老黄的人毕竟不多。

老黄心里想着这事,嘴里却说:

"你们又有什么事?"

"我们一上班就让所长给批评了。"

胖警察说:"因为你的事我们让所长批评了,这一个月的奖金可能没有了。"

胖警察说话的时候,老黄一直往西走,老黄想一直走到西边丁字路口那边去。那边有个公共汽车站牌,碰到熟人,会以为自己是在等汽车,老黄走得很快,那两个警察都跟在他的后边。忽然那两个警察不走了。

"你领我们去什么地方?"

那个胖警察说。

"你走这么快干什么?你怎么不问一问我们找你做什么?"

瘦警察也跟上说。

老黄又停住,回过身,看着这两个警察。

"你们又是什么事?"

老黄说。

"前天罚少了。"

胖警察看样子不想多说什么,他说他们都忘了节日期间的罚款数额,要在平时,三千就行了,节日期间是六千,所以他们回去受到了领导的批评。

"所以，你必须再给我们三千。"

胖警察说。

"咱们别这么办了，这一回让他去派出所好了。"

瘦警察在一旁说。

"我跟你们说我就没找小姐。"

老黄想说明一下。

"你说什么？"

胖警察说："我们放你一马是不是放错了，你这会儿倒又不承认了。"

"我根本就没找小姐。"老黄又说，人已经站在了站牌下。

"你站在这儿是什么意思？"

胖警察说。

"没什么意思。"老黄说。老黄忽然有一阵冲动，因为一辆公共汽车开了过来，老黄想自己要是想摆脱这两个警察这倒是一个好机会，只要一下子跳上车，车就会开到火车站去，到了火车站，只要自己再随便买一张车票这两个警察就不会再找到自己。这么想着的时候，老黄苦笑了一下。想是可以想，但那样一来，自己岂不成了逃犯？

老黄回过身来，老黄听见自己在问那两个警察：

"是不是再交三千就没事了？"

"一般来说就不会有什么事了。"

胖警察说。

"如果不交呢？"

老黄说。

"那就先关十五天，然后让你老婆来领人。"

胖警察说这种事一般都这么处理。

老黄一下子又张大了嘴，他不明白自己怎么碰到了这种倒霉事？自己真找了小姐也就算了，可现在算怎么回事？怎么就会认定了自己在浴室里找了小姐。在那一刹那，老黄都想让这两个警察跟着自己去鸿都浴城去问一下，问问那里的人，自己是不是找了小姐？但这种事能问吗？两个警察一出现，谁能保证那些小姐不乱说？

"让他跟咱们走一趟吧，让所长自己来处理这件事最好。"那个瘦警察说，"要不所长还会以为咱们收了什么好处。"

胖警察看着老黄，对瘦警察说："你年轻，还没结婚，这种事，最好不要弄大了，对嫖客对谁都不好。"

"主要是还有家庭。"

胖警察看着老黄，说："最好是让他自己拿拿主意。"

老黄明白这个胖警察说的"他"就是自己。

"你是再交三千呢，还是跟我们去一趟所里？"

胖警察又说。

这时候街上的人更多了起来，人们要趁天还没太热起来把这天的事都办一办，买菜啊，洗澡啊，人们的生活里总是有许多鸡毛蒜皮的事，生活也可以说是由鸡毛蒜皮的事组成的。人们天天都要把鸡毛蒜皮的事做好，鸡毛蒜皮的事如果做不好人们的生活也许就会向坏的一方面发展了。老黄忽然深深地叹了一口气，他不明白自己怎么会碰到这种倒霉事。这是那种越说越臭越解释越无法解释的烂事，到时候可能是没有一个人能相信他，李晶和小竹还有小竹的男朋友黄金，也许黄金都会为了这件事和小竹吹了。老黄心里的那种幸福感现在一点点都没有了。他只觉得自己的嘴很干，又很苦，又干又苦。

"妈的！"

老黄说了一句。

"你什么意思？"胖警察说，"要不就去所里解决吧。"

老黄忽然紧张地把脸一下子掉了过去，因为他又看到老白了，正笑嘻嘻地朝对面的面食馆走。他要去吃早饭了，他每天都要去面食馆吃一碗面条。老白已经看到老黄了，而且，也看到了这两个警察，老白把手里的小纸团儿扔掉了，朝这边走了过来。

老黄的心就要从嗓子眼里跳出来了。

"他是我的邻居，你们什么也不要说。"

老黄听见自己小声说，他想回避也不可能了。

"干啥呢？"老白过来了，问，"老黄，是不是调查车牌子的事？"

"是。"

老黄说。

"你们要调查就首先查查小区的治安。"

老白的不满就要发泄出来了，就要大说特说了。

这两个警察看着老白，他们给老黄留了脸，没说别的话，都绷着脸，他们的脸色是放给老白看。他们不说话，也明摆着不想听老白说什么，就这么站着。老白忽然觉得很没趣，很快就走开了。

"你看看你，以后最好不要找小姐。"胖警察在老白离开后对老黄说，"看看你的汗都给吓出来了，你这是何苦？你的岁数又不是二三十岁，你要是二三十岁，人们还能够理解，你这么大岁数了做这种事也不考虑考虑家庭？"他这么说话的时候，他看到了老黄的嘴一下子张得更大了，是一辆车，黄色甲壳虫颜色的车从那边开了过来，老黄认识这辆车，是小竹的男朋友黄金的。车正在朝这边开过来，已经开过来了。

"你们不要说这事。"

老黄的脸色都变了，那两个警察也顺着老黄的目光朝那边看。

但这辆甲壳虫颜色的车没有停下来，想必天下这种颜色的车不只小竹的男朋友有。

"你说怎么办吧，我们都很忙。"

胖警察说。

"再交三千？"

老黄问。

"对，再交三千。"

胖警察说。

"三千加三千是六千？"

老黄说。

"当然是六千。"

瘦警察有些烦了。

"六千？"

老黄木头木脑地在嘴里又重复了一下这个数字，灵魂好像已经出窍了，或者已经出窍了，已经朝四面八方飞奔了。

"好！我给你们去取！"

老黄说，一只手捂着自己的胸口。

老黄从外边回来取钱的时候李晶和小竹还在卫生间里细细收拾着自己的脸，几乎是所有的女人都愿意在自己的脸皮上花费最多最多的时间。李晶在卫生间里对老黄说："你怎么这么快？东西都买回来了？"老黄这时已经冲进了卧室，他要用最快的时间把自己的钱从立柜里取出来，他不能让李晶发现自己背着她存了钱，但是，这钱已经注定一大部分不属于自己了。他在屋子里，把那个牛皮纸袋已经取出来放在了口袋儿里，李晶在卫生间里又问了一句："你怎么这么快，东西都买回来了？"老黄一边飞快地动作着，一边对卫生间里边的李晶说，说自己忘了一件事，忘了把老周托他的一个材料给寄出去，他是回来取材料来了。老黄飞快地做着事，飞快地又出去了。老黄的灵魂真是出了窍，他居然敢一边往小区外边走一边把那个牛皮纸袋子取出来往出数钱，他往出数钱的时候感觉到了心痛，他已经数好了三千。他已经走出了小区的门，出了小区的门往左手转了弯，再往前走，他看到那两个警察了。老黄看了看周围，他好像什么也看不清了，他把手里的钱给了那个胖警察，老黄还听到了自己的声音。

"我跟你们说我根本就没找小姐。"

老黄说。

"你是不是真想跟我们回一趟所里？"

胖警察说。

"我根本就没找！"

老黄听见自己又说。

"天下的嫖客都这么说。"

瘦警察说。

老黄又听见自己很气愤地说：

"我没找，我白担了一个名！"

"你们嫖客……"

瘦警察没把话说完，老黄的脸色让他不敢再往下说了，即使他再说，老黄也可能听不清了，老黄满脑子里都是"嗡嗡嗡"的声音。老黄看着这两个警察数了钱，然后，离开，然后，往南走了，然后，又往右手拐了下去。老黄看着自己的两只脚也跟着往南走，但他是往右拐，老黄向右拐了一个弯然后就又朝南走了，老黄站在鸿都浴城的门前了，前天他刚刚来过这里，现在他又来了。他几乎是一下子就冲了进去，他脱衣服，他进去，他下到池子里。池子里的水真是很热，他后来又躺在搓澡的台子上，搓澡的当然没从他身上搓下些什么。然后，他又从池子那边出来，穿上了浴池的那种很软很软的浴衣，然后，他就上了楼，上了楼，又朝里边走，走得飞快。

"领导，领导。"一个服务生在他后边喊。

"既然这么着！妈的……"老黄急促地说。

"领导，领导。"服务生跟在他后边又喊。

"我就找一个！妈的……"老黄急促地说。
"领导，领导。"服务生追上来了。
"我要一个小姐！"老黄转回了身，大声说。
老黄听见自己大声对那个岁数看上去很小的小伙子说。
"既然这样，我就要一个小姐！"

那个服务生的嘴在那里一张一张，一张又一张，老黄终于听到他的话了，那个服务生对老黄说：
"领导，我们这里没有小姐，对不起，没有。"